LA SERIE
X-CLAN

«Lasciami andare» mi ordinò. Eppure le sue cosce si spalancarono, permettendomi di sistemarmi tra di esse. Perché sì, il suo corpo mi voleva, come dimostrato dal fluido che mi colava sull'inguine. Un fluido frutto del desiderio nei miei confronti.

Ignorai il suo ordine e gliene rivolsi uno a mia volta. «Inizia. A. Parlare».

Obbedire non avrebbe dovuto essere un problema, visto che di solito diceva sempre tutto quello che pensava.

In quel momento, però, Riley scelse di restare in silenzio.

E mi scoccò uno sguardo omicida.

Premendo al tempo stesso l'inguine sul mio cazzo in un chiaro invito a scopare.

Avrei accettato volentieri, ma solo *dopo* aver avuto le risposte che cercavo.

«Riley» ringhiai, assicurandomi che capisse che non ero dell'umore adatto per essere ignorato. Non con il suo dolce corpo *bagnato* sotto il mio. «Sono a circa cinque secondi dal darti il mio nodo, *omega*. Spiegami com'è possibile».

Conoscevo già la causa: soppressori.

Ciò che volevo davvero sapere era *perché*.

Lei deglutì a fatica, e il fuoco nel suo sguardo perse di vivacità.

«Rispondimi. Dimmi perché hai preso dei soppressori». Forse informarla di ciò che già sapevo l'avrebbe aiutata ad aprirsi.

«Volevo… volevo una vita…». Quelle parole sommesse non erano ciò che mi aspettavo di udire. Non l'avevo mai sentita parlare con quel tono. La rendeva così… *omega*.

E non ero sicuro che mi piacesse.

Riley era fiera e grintosa, due tratti di lei che ammiravo.

Non la volevo mite e sottomessa. Volevo *lei*.

«Volevo *vivere*» continuò con un po' più di energia, una parte di lei sembrava aver preso vigore. «Essere molto di più di una fabbrica di cuccioli».

Inarcai le sopracciglia. «Più di una *cosa*?».

«Mi hai sentito» rispose, e i suoi occhi scintillarono ancora di fuoco liquido.

Eccoti qui, pensai. *Continua a parlare*.

X-CLAN
LE ORIGINI

Un prequel della serie X-Clan

AUTRICE DI BESTSELLER PER USA TODAY
LEXI C. FOSS

X-Clan: Le Origini

Un romanzo della serie X-Clan

Questo libro è un'opera di fantasia. I nomi, i personaggi, i luoghi e gli eventi descritti sono frutto dell'immaginazione dell'autrice, oppure sono usati in modo fittizio. Qualsiasi somiglianza con persone, vive o defunte, attività, luoghi o fatti reali è puramente casuale.

Titolo originale: *X-Clan: The Origin*

Copyright © 2022 Lexi C. Foss

Traduzione italiana: Claudia Sartori

A cura di: Biba Sven

Design di copertina: Jay R. Villalobos con Covers by Juan

Fotografia di copertina: CJC Photography

Modelli di copertina: Gus Caleb Smyrnios & Riley Rebecca

Pubblicato da: Ninja Newt Publishing, LLC

eBook ISBN: 978-1-68530-197-2

Paperback ISBN: 978-1-68530-198-9

❀ Creato con Vellum

X-CLAN
LE ORIGINI

X-CLAN
LE ORIGINI

Le mura della struttura sono state violate.
Gli Infetti stanno per raggiungerci.
Non c'è cura. Non c'è modo di nascondersi.
L'unica possibilità è scappare.

L'alfa Jonas è la mia guardia del corpo, ed è bello come il peccato.
È stato incaricato di proteggermi da un mondo condannato a precipitare nel caos a causa del Contagio.
Ha promesso di portarmi al sicuro.

Ma c'è un piccolo problema.
Non sa che sono un'omega.

E non un'omega qualsiasi.
Un'omega che sta per andare in calore.

Ho passato tutta la vita a tentare di sottrarmi al mio destino.
Ma nella fretta di fuggire, ho dimenticato i miei soppressori.

Posso accettare l'inevitabile.
O correre il rischio e affrontare gli Infetti.

Perché non appena l'alfa Jonas scoprirà cosa sono…

Non si limiterà a darmi il suo nodo.
Mi reclamerà.

Nota dell'Autrice: Questo è un romanzo autoconclusivo sui mutaforma, che affronta temi oscuri legati all'Omegaverse. Jonas è un alfa ostinato e inarrestabile, Riley è un'omega risoluta che rifiuta di sottomettersi.

UNA NOTA DI LEXI

La serie X-Clan è ambientata in un universo condiviso, in cui le creature soprannaturali vivono in vari settori sparsi per il mondo. Le loro identità paranormali sono state svelate dopo che un virus ha iniziato a infettare la popolazione umana, un virus che trasforma in esseri simili a degli zombie.

Alcune creature soprannaturali sono affette dal virus. Altre, come i lupi X-Clan, no.

E, purtroppo, gli umani non ne sono immuni.

Quando inizia la serie *X-Clan*, più del novanta per cento della popolazione umana è stata contagiata.

Insomma, si tratta di un futuro oscuro.

Ma ho sempre voluto tornare indietro, agli inizi dell'epidemia, per esplorare come si viveva in quel periodo.

Chi di voi ha letto la serie *X-Clan* conoscerà già Riley e Jonas, due personaggi chiave. Questa è la storia di come si sono messi insieme. Ed è scritta in modo tale che anche chi non ha nessuna familiarità con la serie può seguire gli eventi con facilità.

X-Clan: Le origini è un prequel autoconclusivo che fornisce ulteriori dettagli sull'universo dei mutaforma ed esplora il legame amoroso tra una delle coppie più influenti del mondo X-Clan.

Spero che la storia di Jonas e Riley vi piaccia!

Un abbraccio,
Lexi

P.S. Questa storia è stata ispirata dalla mia laurea in Sanità Pubblica. L'epidemiologia mi ha sempre affascinata, e ho ideato questo mondo nel 2019, prima di scrivere *Il settore Andorra*. Quindi questa storia non ha alcun legame con gli eventi attuali. <3

PROLOGO

La dottoressa Riley Campbell è insopportabile.

Indisciplinata. Poco collaborativa. Maleducata. Nonché la lupa più affascinante che abbia mai avuto il dispiacere di incontrare.

Non so che problemi mi abbia, ma uno di questi giorni sculaccerò a sangue quella piccola beta ribelle.

E poi la scoperò.

Per giorni.

E giorni.

Finché non mi sarò liberato di questa ossessione.

Non sono mai stato così attratto da una femmina, per non parlare di una beta. Ma c'è qualcosa in Riley che ha attirato l'attenzione del mio lupo.

Ho cercato di ignorarlo.

Ma lei non fa altro che provocare il mio lato dominante con i suoi commenti impertinenti e le sue osservazioni sprezzanti.

Percepisco il suo interesse nei miei confronti, e forse è proprio quello il cuore del nostro problema. Quindi una bella scopata potrebbe risolvere la situazione.

1

O peggiorarla.

Ammesso che mi permetta di proteggerla abbastanza a lungo da far sì che entrambi sopravviviamo a questo inferno.

Di questo passo, saremo morti nel giro di qualche mese.

Perché si rifiuta di ascoltare le mie direttive e mi ostacola continuamente.

Non sono male come alfa, lupacchiotta.
Se mi dai una possibilità, te lo dimostrerò.
Perché non ritrai gli artigli? Lascia che ti accarezzi. Che ti mostri cosa posso fare con le mani e con la lingua.
Ti prometto che alla fine ti sentirai adorata.
Perché ti tratterò come una regina.
Facendoti implorare di averne di più…

Complesso del CDC

«COSA C'È CHE NON VA?» domandai, fissando irritata il mio riflesso nello specchio. «Non dovresti avere già bisogno dei soppressori».

La mia lupa ricambiò il mio sguardo con un'intensità che mi rivelò quello che sapevo già: stavo per andare in calore. *Di nuovo.*

Erano trascorsi solo tre mesi dall'ultima volta che avevo preso un soppressore. Non avrebbe dovuto servirmene un altro così presto.

È tutta colpa di Jonas, pensai. *Quel maledetto alfa sta facendo impazzire la mia omega.*

La mia lupa aveva iniziato a dare di matto fin dal giorno del suo arrivo, tredici mesi prima.

Jonas era lì per proteggermi. E questo non faceva che peggiorare la situazione, perché il mio animale interiore non voleva far altro che abbandonarsi alle cure dell'alfa.

Cazzo.

Afferrai il bordo del bancone, i miei muscoli si tesero.

3

Ero solita prendere uno o due soppressori all'anno. Mascheravano il mio odore e placavano il mio impulso all'accoppiamento. Ma dall'arrivo di Jonas ne avevo già presi *quattro*.

Era senza dubbio la sua presenza la causa di tutto. Negli ultimi dieci anni avevo lavorato con molti alfa diversi, e non avevo mai avuto problemi.

Certo, nessuno di quegli alfa era un lupo X-Clan, quindi forse era quello a rendere la situazione così particolare. Avere attorno un alfa della mia specie.

Lui era convinto che fossi una beta. Lo erano tutti.

Beh, tutti tranne Kieran. Le sue abilità in campo medico gli avevano rivelato quasi immediatamente quale fosse la mia vera natura. Ma aveva accettato di non farne parola con nessuno.

Probabilmente anche per il suo bene, oltre che per il mio.

Perché non appena si fosse venuto a sapere, sarei stata reclamata da un alfa X-Clan e relegata in un nido. Era questo che faceva la mia specie: diceva di venerare le omega, eppure le costringeva a riprodursi e prendersi cura dei cuccioli.

Nessuna opportunità professionale.

Nessuna vita al di fuori del nido.

Nessuna *scelta*.

Solo un'intera esistenza a farsi viziare da un alfa.

O, nel mio caso, da un trio di alfa, se i piani di mio padre fossero andati in porto.

Forse non sarebbe stata una vita così orribile, ma avevo troppe aspirazioni per lasciarmi reclamare.

Ecco perché ero scappata.

Perché avevo abbandonato il branco e seguito il mio percorso.

E mi era andata bene.

Almeno fino all'inizio del Contagio.

Sospirai, lasciando cadere la testa in avanti. *Un motivo in più per prendere un altro soppressore.* Non riuscivo a concentrarmi sulle mie ricerche, quando ero in calore.

Non che fossimo vicini alla scoperta di una cura. Anzi, ne eravamo ben lontani, con l'ameba che divorava ogni fottuta terapia che avevamo sviluppato.

Il virus stava mutando troppo velocemente.

Distruggendo tutto quello che incontrava.

In pratica, reagiva proprio come faceva l'organismo che lo ospitava, *mangiando* ogni cosa.

"Zombismo", lo chiamavano gli umani.

Io preferivo il termine "Contagio".

Più del sessanta per cento del mondo era già stato distrutto. La mia unità era l'unica rimasta a cercare una cura. E non era una coincidenza che la maggior parte di noi non appartenesse al genere umano.

Avevamo qualche mortale nel nostro laboratorio, ma non erano in molti. Erano troppo vulnerabili al…

Trasalii per il suono improvviso e penetrante di una sirena. Riecheggiava ovunque, facendomi rizzare i peli sulle braccia.

«Che cazzo…?». Ma era una domanda retorica, perché sapevo già per cosa stesse suonando l'allarme. «*Merda*».

Avevano fatto breccia nelle mura del complesso.

L'evacuazione era imminente.

C'erano semplicemente troppi Infetti. Una volta fiutato un odore, non si fermavano davanti a nulla. Sembrava che non importasse quante pareti ci fossero tra noi e loro, riuscivano comunque a sentirci. Quasi come se fossero loro stessi dei lupi.

Ovviamente doveva succedere proprio oggi.

Mi precipitai in camera da letto per recuperare il

borsone sempre pronto per la fuga e lo portai in bagno, dove tenevo i miei soppressori. Avrei dovuto iniettarmene uno quando mi ero svegliata col mal di testa. E invece avevo perso tempo a incazzarmi con la mia lupa, rimuginando sul bisogno di prenderne un'altra dose.

Stupida Riley.

Ora non c'era tempo di farlo, così misi tutto il necessario nel borsone e tornai nella stanza per vestirmi.

Lasciai cadere il telo da bagno sul pavimento e allungai la mano per prendere una camicia. Proprio in quel momento, la porta del mio alloggio privato si spalancò di scatto.

Jonas era sulla soglia. I suoi occhi azzurro ghiaccio si posarono subito sul mio corpo nudo.

In quanto mutaforma, la nudità non mi aveva mai messa a disagio. Ma una parte di me passò immediatamente all'azione, afferrando una camicia.

Jonas non se ne accorse, o forse non gli importava. «Dobbiamo andare».

«Cosa pensi che stia facendo?» sbottai. «Un pisolino?».

Per tutta risposta, inarcò un sopracciglio. Il suo silenzio diceva tutto e niente. Non reagiva mai ai miei commenti sprezzanti o al mio continuo bisogno di allontanarlo.

Sempre paziente.

Sempre a rimuginare.

Sempre a *fissare*.

Costrinsi le mie mani a muoversi e afferrare un paio di pantaloni neri da abbinare alla camicia. Poi aprii il cassetto della biancheria intima.

Jonas osservò ogni mio singolo movimento con le narici dilatate.

«Devi proprio continuare a guardarmi?». Lo dissi istintivamente, vittima della mia costante propensione a sfidarlo. Nutrivo un bisogno intrinseco di irritarlo tanto quanto lui irritava me. Non era giusto, e probabilmente mi faceva passare per una stronza. Ma lui continuava a provocare la mia lupa, quindi io provocavo lui.

Lui reagì come al solito, con un grugnito, ed entrò nella stanza.

Feci involontariamente un passo indietro; spinta dall'istinto, la mia lupa si era subito sottomessa all'alfa.

Solo che, invece di venire verso di me, Jonas mi passò accanto, prese il borsone con le mie cose e uscì dalla porta senza dire una parola.

Il suo odore persistente mi disse che non era andato lontano; si era solo messo nel corridoio ad aspettarmi. Doveva essere il suo modo di offrirmi un po' di privacy.

Bene.

Avevo bisogno di spazio.

Perché l'allarme non aveva raffreddato il mio desiderio nei suoi confronti. *Perché dev'essere così grosso e così alfa?*

Ah, già.

Perché è la mia guardia del corpo.

Un lupo mingherlino non sarebbe stato adatto a quel lavoro. Per quanto fossi in grado di cavarmela da sola nella maggior parte delle situazioni, non avevo nessuna possibilità contro un esercito di Infetti. E, in base al mio background, il Consiglio Internazionale aveva ritenuto che avessi bisogno di protezione.

Per questo mi avevano assegnato Jonas.

Il mio dottorato in malattie infettive ed epidemiologia faceva di me una risorsa molto preziosa. E il fatto che fossi tra i pochi ancora in vita mi rendeva più importante per la causa.

Molti dei miei ex colleghi erano umani, e questo non aveva giocato a loro favore. Perché l'ameba mangia-cervelli continuava a mutare ogni volta che entrava in contatto con un nuovo ospite.

Bastava un morso per diffondere il virus.

C'erano addirittura delle specie di lupi che potevano essere contagiate, come i lupi Ash.

Ma non gli X-Clan o i V-Clan.

Tuttavia, quell'aspetto non impediva agli Infetti di cercare di attaccarci ogni volta che ne avevano l'occasione. Non era facile ucciderci, ma potevamo essere feriti gravemente e addirittura morire, se ci ritrovavamo circondati da troppi Infetti.

Ecco perché mi era stato assegnato Jonas.

Il grosso, potente e muscoloso Jonas.

Con i suoi lunghi capelli biondi, i lineamenti cesellati, gli occhi azzurro ghiaccio e la carnagione chiara.

Aveva anche un leggero accento. *Islandese.* Perché era cresciuto in Islanda vicino al settore Blood. Un particolare di cui ero a conoscenza solo perché lo aveva menzionato Kieran.

Jonas non parlava molto.

Amava grugnire, ringhiare e *fissare.*

Vestendomi, riflettei sul suo sguardo penetrante. Mi domandai a cosa stesse pensando qualche minuto prima, mentre mi osservava. Non avevo percepito alcun interesse nel suo odore, ma non mi era nemmeno sembrato annoiato. Le sue narici avevano avuto un piccolo fremito, e le sue pupille si erano dilatate appena.

Che riesca a sentire che il mio calore è vicino?, mi domandai, indossando una canotta sopra il reggiseno. Poi mi abbottonai la camicia e mi infilai un tanga e un paio di pantaloni neri. Finii di vestirmi con un paio di calzini e delle scarpe basse, nel caso avessi dovuto correre.

Legai i capelli umidi in una coda di cavallo e valutai se spruzzarmi addosso un po' di profumo per coprire il mio odore.

Ma avrebbe anche potuto attirare gli Infetti.

Quindi no.

Avrei dovuto affrontare il volo e trovare un posto sicuro sull'aereo dove iniettarmi il soppressore, oppure occuparmene una volta atterrati.

Potrei salire sull'aereo di Kieran, pensai. Afferrai la borsa, che conteneva soltanto il mio tesserino militare internazionale e un telefono satellitare, e mi diressi verso la porta.

Jonas era lì fuori, con lo sguardo vigile e la postura di chi è pronto a combattere.

Tesi la mano perché mi desse il borsone con le mie cose. «Posso portarlo da sola».

Lui grugnì e girò i tacchi, ignorandomi.

«Non sono debole» sottolineai seguendolo. «E quel borsone è praticamente vuoto».

Jonas non rispose, continuando a precedermi lungo il corridoio bianco del residence.

Eravamo parecchio in profondità, quindi dovevamo risalire in superficie per raggiungere il campo di aviazione.

Gli allarmi che rimbombavano all'esterno confermarono che erano quelle mura a essere state violate. Agli Infetti ci sarebbero volute ore, se non addirittura giorni, per riuscire a raggiungerci nel sottosuolo. C'era anche la possibilità che non ce la facessero.

Ma il campo di aviazione era tutta un'altra storia.

Di sopra c'era un piccolo esercito, che in quel momento probabilmente stava facendo di tutto per proteggere la pista.

Sparando a tutto ciò che si muove, pensai scoraggiata.

L'ameba mangia-cervelli era mutata in una malattia che rendeva gli esseri umani delle specie di zombie. E io avevo trascorso gli ultimi cinque anni a tentare di trovare una cura.

Mentre gli umani… si uccidevano a vicenda e basta.

Era quella la loro soluzione: combattere all'ultimo sangue contro ciò che non capivano ed eliminare i feriti, invece di aiutarli.

In attesa dell'ascensore, Jonas mi squadrò da capo a piedi.

Per una volta, evitai di commentare la sua tendenza a fissarmi.

Guardai le porte di metallo, che si aprirono dopo qualche istante, ed entrai nell'ascensore, rassegnata a ciò che ci attendeva in superficie.

Mentre cominciavamo a salire, Jonas si mise davanti a me, assumendo una posizione protettiva e bloccando la mia visuale. Lasciò cadere il mio borsone sul pavimento ed estrasse la pistola. Ogni suo movimento mi rivelò che era concentrato su qualsiasi rumore stesse provenendo da sopra.

Mi imposi di non ascoltare.

Avevo vissuto troppo a lungo circondata da urla.

Singhiozzi. Suoni indescrivibili. *Morte*.

Rabbrividii, sopraffatta dal bisogno di stringermi le braccia attorno al corpo. Ma sapevo bene che cedere alla desolazione non serviva a nulla.

Piangere non avrebbe risolto la situazione.

Niente lo avrebbe fatto, pensai amaramente. *Non c'è niente che funzioni. Nessuna soluzione. Gli umani hanno lasciato che il virus mutasse in modo irreparabile.*

Odiavo incolparli, ma non riuscivo a evitarlo. Erano stati i loro governanti a trasformare l'epidemia in un dibattito politico, invece che in una discussione sulla salute pubblica.

Non avevano dato ascolto a medici e scienziati. Si erano limitati a polemizzare, schierandosi in fazioni opposte.

E il mondo intero aveva pagato per la loro ignoranza.

Quando le porte si aprirono, fui travolta da una ventata di aria afosa. Il caldo della Georgia era sgradevole e opprimente. Ci trovavamo a un centinaio di chilometri a nord-est di Atlanta, vicino al confine con la Carolina del Nord, in una struttura sotterranea di cui pochi erano a conoscenza.

Ma stando ai suoni che riecheggiavano all'esterno, era chiaro che un'orda di Infetti provenienti dalla città era riuscita a trovarci, nonostante fossimo tra i monti Appalachi.

Il rumore degli spari squarciò l'aria, facendomi trasalire.

Seguirono delle grida.

Chiusi gli occhi e feci un respiro profondo. *Non puoi fare niente per salvarli. Pensa a sopravvivere e continuare con la tua ricerca.* Era un mantra che mi ripetevo spesso per…

Una mano pesante si posò sulla mia schiena, riportandomi al presente.

«Seguimi» disse Jonas. Le sue labbra erano improvvisamente sul mio orecchio.

Mi scortò fuori dall'ascensore, recuperò il mio borsone e ripose la pistola, tutto nel giro di un istante.

O forse ero rimasta impietrita quando si erano aperte le porte, ed era trascorso qualche minuto senza che me ne rendessi conto.

Non ne ero sicura, ma ora le mie gambe si stavano muovendo, dirette verso i jet in attesa.

Rimasi stordita dal caos di grida e spari. Odiavo ciò che era diventato il nostro mondo. Odiavo non essere in grado di risolvere la situazione. Odiavo che i miei geni mi permettessero di sopravvivere mentre così tanti innocenti morivano.

Fu solo quando alzai lo sguardo su una scaletta di

metallo che ricordai di voler trovare l'aereo di Kieran. Ma ormai era troppo tardi.

Jonas mi stava già spingendo a salire sul suo jet.

E sarei stata sciocca a chiedergli di essere scortata su un altro velivolo.

A bordo c'era già un pilota umano, la cui paura permeava l'aria con un fetore acre che turbò la mia lupa. Fui quasi sul punto di ringhiare, ma la presenza di Jonas alle mie spalle soffocò il mio impulso.

Ecco perché è così pericoloso, pensai. *Riesce a calmarmi con troppa facilità.*

Certo, aveva senso: Jonas era un alfa. Quello era esattamente ciò che facevano.

Ma erano anche capaci di distruggere.

Prendevano quello che volevano quando volevano.

Come le omega.

Mi rannicchiai su me stessa mentre Jonas mi accompagnava a sedermi, il mio bisogno di nascondermi stava avendo la meglio sulla mia capacità di elaborare ciò che mi circondava. La sua vicinanza non faceva che accentuare i sintomi del mio calore imminente. Era come se averlo accanto accelerasse il processo.

In quanto donna di scienza, sapevo benissimo che era impossibile. Un'idea ridicola.

Eppure, ciò non impedì al mio cervello di chiedersi se il nodo di Jonas non fosse intriso di una qualche magia che rendeva ancora più intensa la mia lussuria.

Fottuti ormoni, pensai mentre mi allacciava la cintura. Il suo profumo legnoso mi faceva girare la testa. Avrei voluto dirgli che ero perfettamente in grado di allacciarmi la cintura di sicurezza da sola. Ma le parole rimasero bloccate tra le mie labbra, quando un altro urlo terribile raggiunse le mie orecchie.

In quanti stanno morendo, là fuori? Ammazzati a colpi di pistola da altri umani come loro?

Sapevo che a quel punto non avevano scelta. Ormai, il numero di Infetti superava di gran lunga quello dei mortali ancora sani. E la situazione non faceva che peggiorare.

Era una questione di vita o di morte.

Ma odiavo il fatto che il mondo fosse sprofondato in un tale degrado.

In risposta all'epidemia, molte creature soprannaturali stavano creando delle regioni protette. Da cui, però, gli umani erano esclusi.

Tutti avevano un approccio egoistico al problema, e si preoccupavano soltanto dei loro simili.

Considerato tutto ciò a cui avevo assistito, non potevo biasimarli. Gli umani non si erano esattamente guadagnati il nostro aiuto.

Ma questo non mi fermava dal cercare di fare la differenza.

O meglio, non mi aveva *ancora* fermata.

Perché stavo iniziando ad avere l'impressione che fosse tutto inutile.

Il portellone del jet si chiuse, lasciando me e Jonas nella parte posteriore e il pilota in quella anteriore.

«Non viene nessun altro con noi?» chiesi, guardando dal finestrino il personale militare impegnato a combattere.

«Saranno sugli aerei cargo» spiegò Jonas. La sua voce profonda era sommessa in modo innaturale. «Hanno dato la priorità al personale di ricerca».

«Dov'è Kieran?».

Jonas grugnì. I suoi occhi color ghiaccio lasciarono il mio viso, vagando fuori dal finestrino. «Su un altro jet».

Sospirai. Se Kieran fosse stato lì con noi, avrebbe potuto distrarre Jonas. Non sapevo come fare a iniettarmi il soppressore con Jonas nelle vicinanze, per non parlare di come fare a recuperarlo. Avrei dovuto mettere tutto il necessario nella mia borsa, invece che nel borsone.

Anche se in quel momento non sapevo nemmeno dove fosse la borsa.

«Dove hai messo la mia roba?» chiesi, rendendomi conto solo allora che Jonas doveva aver preso la borsa, prima di allacciarmi la cintura. C'erano solo due file di sedili in quel velivolo, quindi le mie cose non dovevano essere troppo lontane.

Chissà se c'è un bagno sul retro. O una camera da letto. Perché era un jet di lusso, che probabilmente un tempo apparteneva a una celebrità o a un miliardario. *Forse posso prendere le mie cose e andare lì?*

«Laggiù» borbottò Jonas, indicando con un cenno del mento dei ripiani alle nostre spalle.

«E dove siamo diretti?» chiesi, mentre l'aereo cominciava a muoversi sulla pista. In precedenza, l'intera area era una delle basi del governo degli Stati Uniti, e il bunker sotterraneo era stato progettato appositamente per ricerche segrete.

Non c'erano più molti luoghi simili in cui potessimo rifugiarci. Per questo gli avevo domandato quale fosse la nostra destinazione. E anche per sapere se avessi avuto il tempo di prendere le mie cose e andare in bagno.

«A est». Jonas non aggiunse altro, la sua attenzione era tutta rivolta verso il pilota.

Arricciai il naso, consapevole di cosa avesse percepito. *Paura. Sofferenza. Terrore.*

Era un odore che permeava spesso il mio laboratorio, eppure non mi ci ero mai abituata.

Jonas rimase in silenzio mentre l'aereo decollava, e una ruga apparve tra le sue sopracciglia quando il fetore non mutò.

«Cosa c'è?» dissi sottovoce, nonostante sapessi che il pilota non poteva udirci.

Jonas non rispose, ma si slacciò la cintura di sicurezza e si sporse appena in avanti, con le narici dilatate.

Il mio sguardo rimbalzò da lui al pilota.

Poi colsi un nuovo odore, che mi ricordò quello della carne morta.

Mi si seccò la bocca. *Oh, no…*

Lo conoscevo fin troppo bene.

C'è un Infetto a bordo.

Jonas si alzò in piedi e sciolse i muscoli delle spalle.

Poi estrasse la pistola.

E mirò.

Alla testa del pilota.

CAPITOLO 2
RILEY

Da qualche parte nell'aria…

«*Jonas*» sibilai. «Se lo manchi…».

Il pilota iniziò ad avere le convulsioni, facendo imprecare Jonas.

«Rischi di depressurizzare l'aereo!» gridai mentre avanzava, con la pistola ancora alzata davanti a sé.

Ma non mi stava ascoltando. La sua attenzione era tutta rivolta all'umano che aveva cominciato a ringhiare.

Non riuscivo a vedere dove fosse stato morso. Ma, ora che lo sapevo, sentivo chiaramente l'odore dell'infezione.

Dannazione.

Non c'era da stupirsi che fosse così terrorizzato. Era stato morso e sapeva cosa sarebbe successo.

Fottuti mortali. Continuavano a prendere decisioni sbagliate, che erano esattamente ciò che aveva causato la diffusione del virus!

Il complesso situato nei pressi del monte Cheyenne, un sito che in passato era considerato uno dei luoghi più sicuri del mondo, era stato distrutto da un senatore. L'umano era stato morso, non l'aveva detto a nessuno e si era trasformato *all'interno* della struttura.

A quel punto, era troppo tardi per fare qualsiasi cosa.

Perché aveva morso una manciata di umani.

Che a loro volta avevano morso altri umani.

E da lì la situazione era precipitata.

A peggiorare le cose, metà degli Infetti erano militari. Di conseguenza, non si trattava solo di creature senza cervello che cercavano di mangiare tutti quelli che incontravano. Erano creature senza cervello *armate* che sapevano istintivamente come sparare.

Volendo al tempo stesso divorare tutto ciò che trovavano sul loro cammino.

Il virus non distruggeva tutte le facoltà umane, ma quelle che distinguevano il bene dal male sì.

E il virus stesso trasformava l'ospite in un cannibale, da cui la definizione di "zombie", privandolo del senso del pericolo e della moralità.

Aveva un impatto anche su altre aree del cervello, tra cui quelle dedicate al linguaggio. Come dimostrato in quel momento dal pilota, che cercava di giustificarsi con Jonas.

Dalla sua bocca uscirono dei gorgoglii confusi che somigliavano a delle scuse.

«Era solo un graffio» sembrò dire.

Basta quello, pensai con tristezza. Faceva parte della mutazione: ormai si diffondeva così velocemente che alcuni ricercatori temevano che presto avrebbe potuto trasmettersi anche per via aerea, se già non succedeva.

C'erano anche alcuni membri della mia specie preoccupati che il virus potesse mutare al punto di riuscire a contagiare tutte le creature soprannaturali. Una preoccupazione accresciuta dal fatto che i lupi Ash avevano iniziato a esserne affetti.

Per fortuna, non sembrava essere in grado di contagiare le altre specie.

Ma data la velocità con cui la situazione si stava evolvendo, chissà cosa sarebbe successo nel giro di un secolo, per non parlare di dieci anni, o di uno soltanto.

Il pilota biascicò qualcosa di incomprensibile e si alzò in piedi, sbattendo con il braccio su vari comandi e facendo inclinare bruscamente di lato il velivolo.

Gridai, affondando le unghie nei braccioli di pelle, mentre Jonas andava a sbattere sulla parete dell'aereo. *Merda!*

Ringhiò in un modo che mi fece tremare le gambe; la mia lupa si era inchinata immediatamente al suo comando. *Oh, lune…*

Il suo profumo legnoso permeò l'aria, l'alfa stava lasciando che il suo lato dominante prendesse il sopravvento. Non l'avevo mai visto così. Non avevo idea di quanto si controllasse… fino a quel momento.

Fino a quando non si diresse verso il pilota.

Lo fece a passo sicuro, con dei movimenti fluidi affinati da decenni di esperienza. O forse anche di più. Non avevo idea di quanti anni avesse, sapevo solo che era più vecchio di me.

E molto più potente.

Vidi la sua giacca di pelle tendersi sui muscoli quando si avventò sul pilota, afferrando la testa dell'umano e torcendola con violenza.

Sentii il rumore del suo collo che si spezzava anche sopra le vibrazioni dei motori, un suono simile a uno schiocco che mi fece correre un brivido lungo la schiena.

Così facile.

Così immediato.

Ma il jet era inclinato in un modo che ci avrebbe uccisi, se non avessimo fatto qualcosa in fretta.

Iniziai a slacciarmi la cintura, ma Jonas mi bloccò con un'unica occhiata letale. «*Ferma*». La parola mi avvolse come un cappio, esigendo la mia sottomissione.

Alzai le mani per dimostrargli che avrei obbedito.

E lui andò verso la cabina di pilotaggio.

«Sai come manovrare un aereo?». La domanda mi uscì in un borbottio. Non ero sicura di volere davvero una risposta.

Ma doveva avermi sentita, perché mi scoccò uno sguardo gelido. Poi prese posto sul sedile del pilota e cominciò ad armeggiare con i comandi.

Mi avvolsi le braccia attorno allo stomaco mentre lui provava a stabilizzare la traiettoria del velivolo. *Ugh*. La cabina roteò un po'. O forse era l'aereo. O la mia testa. Non ne ero certa.

Vertigini, riconobbe il mio lato scientifico. *Delle terribili vertigini*.

Cercai di concentrarmi abbastanza da riuscire a distinguere qualcosa, ma la mia visuale era tinta di striature nere.

Spero davvero che Jonas riesca a vederci, pensai stordita. *Spero davvero che sappia… cosa… sta facendo…*

Le mie viscere si ribellarono mentre proseguivamo la nostra corsa nel cielo, e udii solo vagamente una voce che diceva: «Dovrai guidarmi passo passo».

«Ma davvero?!».

«Dove devo andare?».

«Vai…». Seguì un suono confuso, un'eco gracchiante che mi strappò una smorfia.

«Non ho capito, Kieran». La voce di Jonas era più chiara, ma non riuscivo a vederlo; la mia visuale era ancora offuscata. «Kieran? *Cazzo*».

La pressione nella cabina cambiò di nuovo, facendomi venire la nausea.

«Dobbiamo atterrare». Le parole erano chiare, la voce di Jonas squillante. Ma non sapevo se stesse parlando con me o con Kieran.

Sta comunicando con lui attraverso gli auricolari?

«Qualsiasi cosa tu faccia, non alzarti» aggiunse Jonas.

Quello doveva essere rivolto a me. Invece di rispondere, cercai di affondare ancora di più sul sedile per evitare di vomitare.

Non che avessi qualcosa nello stomaco.

Avevo saltato la colazione, grazie al mio dibattito interiore sui soppressori.

Una cosa di cui mi ritrovai a essere grata, ora che l'aereo si era inclinato di nuovo. Normalmente, non mi veniva la nausea sui mezzi di trasporto. Ma non c'era nulla di normale in quella situazione.

Jonas imprecò.

Si udì di nuovo la voce di Kieran, ma la comunicazione era disturbata.

Non riuscii a decifrare cosa disse, ma Jonas gli rispose con quelle che sembravano delle coordinate.

Poi mi gridò di tenermi forte.

A cosa?, avrei voluto chiedergli, avvolgendomi di nuovo le braccia intorno al corpo, mentre la cintura mi teneva ancorata al sedile. *Non voglio morire così.*

Lupi o meno, dubitavo che saremmo riusciti a sopravvivere a un incidente aereo.

Guarivamo in fretta, ma non *così* in fretta.

Il jet tremò violentemente, il cambio di pressione mi irritò le orecchie. *Cazzo. Cazzo. Cazzo.*

Un ringhiò risuonò nella cabina, proveniente da Jonas. Rabbrividii in risposta, la mia lupa gemette.

È un disastro.

Un vero disastro.

Perché non abbiamo controllato il pilota?

Come ha fatto a essere morso?

Cazzo!

Balzai sul sedile. I flap si stavano muovendo, le ruote stridevano sotto l'aereo.

Spalancai gli occhi di scatto, ma le vertigini tingevano la mia visuale di puntini neri. Tuttavia, riuscivo a percepire abbastanza da sapere che aveva appena abbassato il carrello d'atterraggio.

Stiamo andando troppo veloci.

Troppo.

Ci schianteremo!

Risuonò un altro ringhio, seguito da un improvviso brontolio che mi rubò l'aria dai polmoni. *Sembrano delle fusa.*

No. No, era impossibile.

Perché mai Jonas avrebbe dovuto emettere quel suono?

Ma era esattamente quello che avevo sentito.

Lasciai andare il mio stomaco e afferrai i braccioli del sedile. Il suo dolce brontolio continuò a rimbombare nel jet, con gli altoparlanti che sembravano amplificarlo.

Perché lo sta facendo?

Sta... sta cercando di confortarmi?

Sto impazzendo?

Mi avvicinai la mano alla testa, ma un altro brusco sussulto dell'aereo mi spinse ad aggrapparmi ancora una volta al sedile. «Jonas...».

«Respira, Riley» rispose. Il volume della sua voce confermò che in qualche modo doveva aver acceso l'altoparlante.

Il brusio rilassante continuò, avvolgendomi in una calda trapunta di familiarità. Erano anni che non sentivo le fusa di un alfa. Almeno una decina. E quel verso non era indirizzato a me, ma a un'altra mutaforma.

Eppure, questo...

Questo è per me.

La mia lupa si calmò immediatamente, ed ebbi l'impressione che andasse tutto bene.

Ma uno scossone dell'aereo mi strappò al mio stato di quiete, facendomi digrignare i denti, mentre lo stridio dei freni rimbombava nella cabina.

Siamo sulla pista, mi resi conto. *È… è riuscito a far atterrare l'aereo!*

Il suo brontolio si trasformò in un altro ringhio. Stava armeggiando con i comandi nel tentativo di arrestare il velivolo.

Poi di colpo ci fermammo, e calò il silenzio.

Esalai un sospiro, mentre la mia mente faticava a elaborare tutto quello che era appena successo.

Jonas era ancora seduto sul sedile del pilota. Non avevo idea di quando fosse riuscito ad allacciarsi la cintura, ma era ben saldo e rivolto in avanti.

Il pilota era morto.

E noi… Sbirciai fuori dal finestrino. Sembrava che fossimo in un vecchio aeroporto. O almeno su una pista molto lunga, con un'illuminazione che mi ricordava quella delle piste di atterraggio, con segnali e luci che tremolavano nel buio per indicare il tragitto ai piloti. Solo che in quel momento era mattina presto e il sole stava ancora sorgendo, illuminando ogni cosa sul suo cammino.

Incluso un lungo edificio che somigliava a un aeroporto, con i suoi gate e le sue rampe.

Dietro si intravedevano degli alberi, ma dovevano esserci anche degli Infetti. La loro carne putrescente emanava un odore che la mia lupa notò immediatamente. Mi si seccò la bocca.

Dove siamo?

Non era Atlanta. E avevamo volato solo per una ventina di minuti al massimo.

Che fossimo ad Asheville?

Charlotte?

Da qualche parte nella Carolina del Sud?

Jonas lasciò la cabina di pilotaggio. Il suo sguardo di ghiaccio trovò subito il mio e prese a valutare il mio stato. A un certo punto doveva essersi tolto la giacca di pelle, perché indossava soltanto una camicia bianca e un paio di jeans. Considerato che fuori c'erano almeno quaranta gradi, sembrava un abbigliamento più appropriato.

Ma non stava sudando.

Era solo gonfio di adrenalina, e il suo lupo si agitava sotto la sua pelle. Non parlò, limitandosi a esaminarmi la gola, il petto, l'addome e infine il viso, per poi annuire. «Dobbiamo muoverci» disse, sbottonandosi la camicia.

Le mie sopracciglia schizzarono in alto. «Cosa stai facendo?».

«Mi sto trasformando» rispose. Ogni traccia di quel soave brontolio era svanita.

Devo essermelo immaginato.

La mano di Jonas si abbassò sulla fibbia della cintura. I suoi muscoli si contrassero, diventando ancora più evidenti. «Devi trasformarti anche tu, Riley».

Lo fissai. «Cosa?».

«Dobbiamo *correre*» spiegò. «In forma di lupo. Dritti nella foresta. Raggiungeremo la base a piedi».

Schiusi le labbra per lo stupore. «*Cosa?*».

Non ero un'idiota. L'avevo sentito benissimo.

Ma trasformarmi? Proprio in quel momento? Proprio quando stavo per andare in calore? Non solo significava lasciare i miei soppressori sull'aereo, dato che non potevo portare via nulla in forma di lupo, ma anche metabolizzare quel poco siero che mi era rimasto in corpo. «No. Non posso trasformarmi».

Si bloccò. Solo il primo bottone dei pantaloni era slacciato. «Scusami?».

«Dev'esserci un altro modo. Abbiamo i nostri bagagli. Non posso… Non possiamo… Dev'esserci un altro modo».

Jonas mi fissò per un istante, poi mi ordinò: «Alzati».

«Jonas».

«*Adesso*». Il dominio di cui era intrisa quell'unica parola spinse le mie mani a muoversi prima ancora che la mia mente potesse rendersene conto.

«Non fare l'alfa ringhioso con me» sbottai. Mi liberai dalla cintura di sicurezza e mi alzai in piedi. «Non sono una tua subordinata».

Grugnì e mi prese per i fianchi, evitandomi una caduta. Le mie gambe avevano ceduto. Non ero preparata alla debolezza dei miei arti, né stavo realmente pensando ai miei movimenti.

Perché la mia lupa aveva obbedito all'ordine dell'alfa senza alcuna esitazione.

Traditrice, mormorai all'omega che si annidava dentro di me.

Lei reagì sporgendosi verso Jonas, il cui profumo legnoso mi fece fremere le narici.

Smettila, le dissi. *Non è nostro*.

Per fortuna, Jonas non sembrava essersi accorto di nulla. Era troppo impegnato a esortarmi a procedere, spingendomi lungo il corridoio e verso l'entrata dell'aereo. Le mie gambe erano di gelatina. L'atterraggio inaspettato aveva avuto un pessimo effetto sulle mie membra.

Anche se forse la causa della mia debolezza era il calore imminente.

O una combinazione di entrambi.

Che giornata terribile, borbottai tra me e me. Una considerazione che divenne ancora più accurata quando Jonas indicò con un cenno l'esterno del velivolo.

«Ora ti trasformerai, principessa?» chiese con una voce vellutata, senza preoccuparsi di celare il tono ironico.

Spalancai la bocca, ma ero ammutolita.

Perché *cazzo*.

C'era un esercito di Infetti che barcollava verso di noi. Almeno un centinaio. Forse di più. «Dobbiamo… dobbiamo…».

«Correre» terminò per me Jonas. «E in forma di lupo siamo più veloci».

Stavo per suggerire di volare o prendere una macchina, o comunque di tentare con qualcosa di ancora più veloce della corsa a quattro zampe.

Ma c'era un motivo se eravamo atterrati lì.

E ovviamente non potevamo restare nel jet.

A meno che… «Kieran sa che siamo qui?».

Jonas mi lasciò andare. «Anche se lo sapesse, non tornerebbe per noi. Finché non avremo raggiunto la base, dovremo cavarcela da soli».

«Perché non può tornare indietro e venirci a prendere?» domandai, consapevole del mio tono indignato. Non volevo fare l'impertinente con Jonas. Era solo una reazione naturale alla sua vicinanza. Al suo fascino. Alla sua… *alfosità*.

«Perché è troppo pericoloso». Jonas mi catturò il mento e mi costrinse a guardarlo negli occhi. «Smettila di fare la difficile, dottoressa. Proteggerti è il mio lavoro. E questo ti rende, almeno nell'immediato futuro, la mia subordinata. Ora datti una regolata e *trasformati*. O ti costringerò io a farlo. Capito?».

Lo fissai a bocca aperta, combattuta tra la furia e lo shock. Alla fine vinse lo shock, perché non mi aveva mai parlato così a lungo.

Jonas era un uomo di poche parole.

Eppure, aveva appena pronunciato un intero discorso.

Minacciando di forzare la mia trasformazione, se avessi continuato a tergiversare. Una minaccia che avrebbe dovuto farmi infuriare, ma d'altro canto non aveva tutti i torti.

Ero ingiusta nei suoi confronti e stavo facendo la difficile senza motivo.

Beh, almeno non un motivo che avrebbe compreso. Non potevo dargli alcuna spiegazione senza rivelare la mia identità di omega.

E quello avrebbe portato a tutt'altra conversazione.

Mi mordicchiai il labbro inferiore. I soppressori non si limitavano a soffocare i miei istinti di omega e bloccare il calore; reprimevano la mia lupa. Il che significava che avrei potuto non essere in grado di trasformarmi, se me ne fossi iniettato uno in quel momento.

E non potevo portare il siero con me stringendolo tra le fauci. Sarebbe stato pericoloso per un milione di motivi. Quasi sicuramente avrei avuto bisogno delle mie zanne per aprirmi un varco nell'orda di Infetti che ci attendeva là fuori.

Merda.

Jonas aveva ragione. Dovevo mutare. Se mi fossi iniettata il soppressore appena sveglia, avrei avuto molte difficoltà a riuscirci. Quindi forse i miei dubbi erano stati opera del destino.

In ogni caso, però, mi trovavo in una situazione complicata.

Che probabilmente avrebbe rivelato la mia identità a Jonas.

«Riley». Il ringhio con cui pronunciò il mio nome mi disse che non me l'avrebbe chiesto di nuovo. Se non avessi obbedito, se ne sarebbe occupato lui.

E qualsiasi cosa fosse successa dopo, sarebbe stata tutta colpa mia.

Sono fottuta, pensai, sbottonandomi la camicia.

Jonas si era già tolto i pantaloni e le scarpe. Il suo

inguine era celato a stento da un paio di boxer neri.

Cercai con tutte le mie forze di non guardarlo.

E fallii miseramente.

Perché era davvero uno splendido esemplare di maschio.

Sì, sono totalmente fottuta, chiarii tra me e me.

Perché la mia lupa stava già praticamente ansimando, e l'estro non era ancora iniziato.

Non avevo scelta. Potevo dirgli la verità e ammettere di essere un'omega, ma quello non ci avrebbe salvati. Anzi, avrebbe potuto peggiorare le cose.

Okay, allora. Trasformati. Scappa. Trova un rifugio. Nasconditi.

Pregando che il mio calore non si presentasse prima che avessimo raggiunto la nostra destinazione finale.

Ovunque fosse.

Imprecando sottovoce, finii di spogliarmi sotto lo sguardo illeggibile di Jonas. Provai l'impulso di sgridarlo di nuovo per quella fastidiosa abitudine, ma lo ignorai.

Aveva ragione: dovevo lasciargli fare il suo lavoro.

Sospirando, invocai il mio animale interiore e le concessi la libertà di prendere il controllo. Lei ne fu entusiasta. I miei arti si piegarono istintivamente, e il mio essere fu sopraffatto dalla trasformazione.

Jonas non si mosse. I suoi occhi di ghiaccio non si allontanarono da me nemmeno per un secondo.

Né rivelarono qualcosa.

La mia lupa lo ignorò, preferendo stiracchiarsi. Rabbrividì per la sensazione di riavere il comando, dopo mesi e mesi in cui avevo dovuto sopprimere il mio bisogno di mutare.

Jonas si accucciò per guardarmi negli occhi. «Ce la fai a correre?».

Risposi sbuffando. *Certo che ce la faccio.*

«È ovvio che non ti trasformi da un po'» aggiunse,

alzando la mano come per toccarmi. Ma, prima di raggiungere la mia testa, la lasciò cadere.

Se avessi potuto accigliarmi, lo avrei fatto. *In che senso, "ovvio"? C'è qualcosa che non va con la mia pelliccia?* Abbassai lo sguardo sulle mie zampe e trovai il mio soffice pelo rossastro. Saltellai qui e là per testare il mio equilibrio e mi sentii perfettamente salda sulle zampe.

Okay, ero un po' mingherlina.

Ma era normale per un'omega.

Jonas mi studiò per un altro paio di secondi, poi si alzò in piedi. «Se hai bisogno che rallenti, ulula».

Sbuffai di nuovo. *Sono perfettamente in grado di tenere il passo, alfa. Fidati di me.*

Certo, era passato un bel po' dall'ultima volta che mi ero trasformata. Ed ero minuta. Ma ero anche molto veloce.

Jonas si strinse nelle spalle e si sfilò i boxer, regalandomi una splendida visuale di… beh, *tutto*. La mia lupa praticamente fece le fusa. Non che potessi farle davvero; solo gli alfa erano in grado di emettere quel suono. In ogni caso, lo ammirò apertamente.

Anche l'energia traboccante di aggressività irradiata dall'alfa non aiutava la situazione.

«Seguimi» disse, dirigendosi verso il portellone. Lo sbloccò, poi saltò giù dall'aereo *senza* una rampa o una scaletta.

Lo guardai a bocca aperta, valutando la distanza dal suolo. Mi domandai come si aspettava che lo *seguissi*.

«Sono poco più di tre metri» disse. «Salta, Riley».

La mia lupa voleva rifiutarsi di obbedire.

Ma i suoni striduli provenienti dagli Infetti mi spinsero a ignorarla.

«Brava» disse Jonas, quando le mie zampe colpirono il cemento. «E ora vediamo quanto sei veloce».

CAPITOLO 3
JONAS

RILEY ERA ACCANTO A ME, sopraffatta dall'ansia. Arricciò il naso, probabilmente cogliendo l'odore di carne in decomposizione che permeava l'aria.

O almeno pensavo che fosse quello il motivo.

Perché non riuscivo a sentire nulla se non il fetore acre degli zombie.

Che casino.

La struttura era stata violata, tutto perché un umano aveva lasciato entrare un gruppo di persone senza controllarle a dovere.

Bastava un unico mortale malato per diffondere il virus.

E infatti era proprio quello che era successo.

Come dimostrato dal pilota.

Avevo sentito che c'era qualcosa che non andava nel suo odore. Ma me n'ero accorto troppo tardi, quando eravamo già in volo.

Cazzo.

Mi passai una mano sul viso e tornai a concentrarmi sull'ambiente circostante. Essere fuori dal jet mi permetteva di vedere meglio di quanto fossi in grado di fare dalla cabina di pilotaggio.

E quello era un bene, dato che il mio naso era praticamente inutilizzabile.

Eravamo atterrati appena fuori Asheville. Quindi eravamo vicini alle montagne, ma anche a un'ex località turistica.

Ciò significava che ci sarebbe stata una miriade di Infetti.

Ma anche molti alberi dietro cui nascondersi.

Dovevamo solo attraversare la barriera di zombie e dirigerci a est, verso Fort Bragg.

Il personale della base era ridotto al minimo, la maggior parte era lì per proteggere le famiglie dei militari e i pochi civili fortunati che erano riusciti a raggiungerla.

Avevo detto a Kieran che saremmo andati lì e avremmo aspettato un nuovo aereo.

Lui era d'accordo, perché in quel momento Asheville non era facilmente accessibile. Inoltre, visto che il nostro jet era stato tra gli ultimi a lasciare il complesso del CDC, sarebbe stato difficile per chiunque venire a recuperarci.

Insomma, dovevamo cavarcela da soli.

E ci aspettava un'avventura di almeno quattrocento chilometri.

L'ideale sarebbe stato trovare un'auto.

Altrimenti, avremmo dovuto farceli tutti a quattro zampe.

Se fossimo riusciti a tenere un buon ritmo, avremmo raggiunto la base in cinque o sei giorni. Però dovevamo trovare dei luoghi sicuri per riposare; era quella la parte più difficile.

Beh, quella, e sopravvivere agli Infetti che si stavano avventando su di noi.

Mh.

Sarebbe stato più facile usare le armi presenti sull'aereo e far fuori un po' di Infetti, per poi correre attraverso il varco creato dai loro corpi esanimi.

Ma Riley aveva un debole per gli Infetti. Probabilmente perché tutti i suoi sforzi erano rivolti alla ricerca di una cura per il virus. La sua dedizione era uno dei tratti che più ammiravo di lei.

Rispettavo il suo bisogno di risolvere il problema.

Qualcosa mi diceva che non avrebbe mai smesso di cercare una cura, anche se si fosse dimostrata una missione impossibile. Riley non era il tipo di persona che si arrendeva facilmente, un'altra caratteristica che apprezzavo.

Tuttavia, il suo impegno per la causa significava che dovevo affrontare la questione con un po' di ingegno.

Perché ferire gli Infetti senza motivo l'avrebbe turbata, come aveva dimostrato la sua reazione quando eravamo usciti dal complesso. Era rimasta paralizzata, al punto da doverla praticamente trascinare sul jet.

Ora non sarei stato in grado di farlo. Era minuta, ma non abbastanza da poterla reggere tra le fauci come un cucciolo.

Quindi, massacrare ogni Infetto sul nostro cammino era fuori questione.

Non era proprio l'ideale, ma volevo che Riley collaborasse, non che si bloccasse nel bel mezzo di una zona altamente contaminata. E pericolosa.

«Bene» dissi. «Passeremo attraverso quella fila laggiù». Indicai con un cenno la parte più debole della folla. «Poi correremo via il più velocemente possibile, aggirando l'orda».

La guardai negli occhi per assicurarmi che avesse sentito il tono di comando nella mia voce. Non ci sarebbero state deviazioni dal piano.

Dopo la trasformazione, i suoi occhi di un azzurro intenso, quasi blu, avevano assunto il colore del cielo notturno. Uno spettacolo che non avevo mai potuto ammirare, perché aveva sempre rifiutato le mie offerte di andare a correre insieme.

Gli occhi scuri sembravano brillare sulla sua pelliccia rossastra, una tonalità che mi ricordava i suoi capelli ramati.

Era molto piccola per essere una beta.

Quasi fragile.

Un aspetto che mi preoccupava un po'. Temevo che non sarebbe stata in grado di tenere il passo. Ma quando avevo accennato al problema, qualche minuto prima, sottolineando anche la sua difficoltà nel trasformarsi, sembrava essersi offesa.

La mia era stata una reazione del tutto naturale, dopo averla vista mutare. La lentezza con cui l'aveva fatto suggeriva che non aveva molta esperienza nel trasformarsi. Solo che non poteva essere vero; aveva almeno trent'anni.

Ma c'era sicuramente qualcosa che non andava. Non avevo idea di cosa fosse, speravo solo che non ci avrebbe rallentati.

«Cercherò di essere il più gentile possibile con loro» continuai, illustrandole il piano in dettaglio, nella speranza che la rendesse più propensa a obbedire. «Ma siamo in netta inferiorità numerica, Riley. Ed è mio compito proteggerti. Ricordalo, okay?».

Sbuffò.

Non ero sicuro se quel suono esprimesse fastidio o assenso, ma scelsi di credere che fosse la seconda ipotesi.

Se voleva sopravvivere, doveva fidarsi di me.

E io non avevo più intenzione di sottomettermi a quella piccola rossa impetuosa.

C'era un motivo se mi avevano incaricato di proteggerla. Prendevo il mio lavoro molto seriamente, come avrebbe dovuto fare anche lei.

Un po' di rispetto sarebbe gradito, pensai, rivolto a lei.

Ma non lo dissi ad alta voce. Aveva messo in chiaro fin dal principio che non approvava il mio ruolo.

Non avevo idea del perché.

E non avevo intenzione di perdere tempo a torturarmi, analizzando qualcosa che solo lei avrebbe potuto spiegarmi.

Roteai il collo, sciolsi i muscoli delle braccia e delle gambe, e diedi alla mia bestia interiore il permesso di prendere il comando. Il mio lupo accettò con gioia, e in un attimo mi trasformai con un movimento aggraziato, affinato da quasi un secolo di pratica.

Molto più in fretta di Riley.

Ero anche decisamente più grosso di lei.

Ciò divenne ancora più evidente quando mi stiracchiai accanto a lei, preparandomi per la nostra corsa.

La lupa di Riley ammirò apertamente il mio lupo. I suoi occhi scuri accarezzarono ogni centimetro della mia pelliccia chiara.

Il mio animale si godette il suo sguardo adorante tutto impettito; la bestia era desiderosa delle sue attenzioni, dopo aver trascorso così tanti mesi a struggersi per lei come un lupacchiotto adolescente.

Ridicolo.

Non so cos'avesse di così speciale quella donna, ma nei miei sogni aveva sempre il ruolo della protagonista.

E anche nelle mie fantasie più oscure.

Non è il momento, mi dissi. *Concentrati sulla corsa. Possiamo giocare più tardi.*

Cominciai ad avanzare al trotto, con le orecchie puntate su Riley e il modo in cui le sue zampe sfioravano il cemento. *Leggera e delicata.*

Eppure la donna con cui avevo avuto a che fare era tutta zanne. Almeno quando eravamo insieme.

Forse quel viaggio ci avrebbe fatto bene. Forse avrebbe capito che non ero un nemico. E forse sarei anche riuscito a comprendere perché mi trattava così. *Nonché un modo di dimostrarle di essere degno.*

Degno di cosa, non lo sapevo. Ma volevo che mi desse una possibilità.

Avevo l'impressione di aver passato la maggior parte degli ultimi mesi a cercare di dimostrarle qualcosa, solo per essere respinto a ogni occasione.

Beh, ora non poteva più evitarmi.

Aveva bisogno di me.

E io avevo tutte le intenzioni di dimostrare le mie abilità nell'unico modo che conoscevo: comandando.

Gli Infetti barcollarono lentamente nella nostra direzione, e la loro mancanza di coordinazione confermò che non si nutrivano da un pezzo. La maggior parte degli Infetti manteneva qualche forma di istinto naturale, di conseguenza alcuni erano molto più pericolosi degli altri.

Ma quegli esseri non erano ex militari. Non c'erano pistole né qualsiasi altro tipo di arma. Solo denti.

E i miei erano molto più grossi.

Anche le mie facoltà mentali erano pienamente sotto controllo.

Riley rimase al mio fianco mentre procedevamo, mettendo il mio animale a suo agio. Osservai di nuovo il perimetro per valutare la situazione.

Ma cominciai a rallentare, rendendomi conto che in quella zona c'erano più Infetti di quelli che avevo contato inizialmente.

Merda.

Ce n'erano *molti* di più.

Probabilmente erano coperti dalla collina.

Non ero sorpreso che in quel luogo ci fossero così tanti Infetti. Dovevano aver dato la caccia a qualcuno, sperando di farne il prossimo spuntino, e averlo seguito fino a lì.

Dopotutto, era un'ottima via di fuga. Ma solo se c'era un aereo disponibile, e il nostro sembrava essere l'unico funzionante. Oh, e se c'era un pilota in grado di manovrarlo.

Avevo frequentato abbastanza cabine di pilotaggio da conoscere le basi. Tuttavia, c'erano dei limiti alle mie conoscenze. E quei limiti includevano pilotare il nostro jet fino alla sua destinazione finale.

L'unico motivo per cui ero riuscito ad atterrare quel maledetto aggeggio era perché il pilota aveva impostato una traiettoria, prima di trasformarsi.

Poi il velivolo aveva sbandato a causa dei movimenti inconsulti dell'umano. Una volta raddrizzato, ero riuscito a rimetterci nella rotta corretta.

Il pilota doveva aver pianificato di atterrare prima della destinazione finale e abbandonare l'aereo.

Una decisione onorevole.

Ma non avrebbe neanche dovuto metterci piede.

Fottuti umani.

Ecco perché non provavo alcuna compassione per loro: prendevano decisioni stupide, come non dire a nessuno di essere stati morsi.

Molti di loro mettevano le loro vite al di sopra di quelle degli altri, una mentalità che comportava rischi per tutti.

Ormai, anche tanti esseri soprannaturali avevano cominciato a vederla così; molti di noi avevano scelto di privilegiare la nostra sopravvivenza a discapito di quella degli umani, tenendoli alla larga. Considerata la velocità con cui mutava il virus, era cruciale isolarlo tra chi ne subiva già l'impatto.

Ma tali decisioni erano state prese dopo aver capito che i mortali si stavano condannando in modo irreversibile.

E dopo che alcuni clan di lupi avevano capito di essere vulnerabili al virus.

Okay, pensai, osservando di nuovo la folla crescente. *Non funzionerà.*

Mi fermai per valutare la situazione e notai che c'era un altro potenziale anello debole nel gruppo di creature che ci circondava.

Avanzai in quella direzione, per poi bloccarmi ancora una volta quando il mio naso colse un odore *sbagliato*.

La tensione mi fece rizzare i peli sulla schiena, il mio lupo era pronto a combattere.

Avrei voluto rendere le cose più facili per Riley. Ma, in quel momento, la sua sicurezza era tutto ciò che contava. Dovevo proteggerla.

Questo significava essere un po' meno delicato di quanto promesso.

Il mio lupo era pienamente d'accordo.

Speravo che lo sarebbe stata anche Riley.

Con un basso ringhio di avvertimento, tornai verso il punto che avevo indicato in precedenza e mi avvicinai agli Infetti.

I loro strilli concitati mi ricordavano le unghie trascinate su una lavagna. Sentii il ghiaccio scorrermi nelle vene.

Odiavo quel fottuto suono quasi quanto il loro fetore.

Il mio lupo si scagliò in avanti, pronto per la battaglia. Ma invece di avventarmi sugli Infetti e massacrarli, corsi in mezzo a loro, gettandone a terra il più possibile e creando un passaggio per Riley.

Lei mi seguì.

O almeno ci provò.

Gli Infetti erano talmente affamati che si riversarono immediatamente nel varco, finendo su di lei e cercando di affondare i denti nella sua pelliccia.

Lei emise un piccolo ringhio feroce e li morse a sua volta, scioccandomi.

Quando uno degli Infetti le afferrò una zampa, lei guaì e gli conficcò le zanne nel collo.

Il suo animale ha preso il controllo, capii. O Riley aveva ceduto volontariamente le redini alla bestia, oppure la lupa se ne era impossessata da sola, spinta dall'istinto di sopravvivere.

In ogni caso, approfittai di quel cambiamento e la aiutai a liberarsi dal groviglio di Infetti con un paio di artigliate ben assestate. Poi mi voltai verso un'altra ondata di mostri in avvicinamento e li abbattei uno dopo l'altro con delle zampate violente.

Riley si unì a me, il suo muso era cosparso di gocce di sangue.

Grugnii, indicandole di seguirmi, e mi lanciai attraverso un altro gruppo di Infetti.

Ce ne liberammo facilmente, perché entrambi i nostri lupi lavorarono insieme per creare un passaggio sicuro.

Devo ricredermi, pensai, mentre ci aprivamo un varco con zanne e artigli attraverso l'ultimo ammasso di Infetti. *È stato molto più facile che usare una pistola.*

Ma non c'era tempo per festeggiare, perché un'altra ondata di creature ripugnanti era già diretta verso di noi.

Lanciai un'occhiata alle mie spalle, verso l'aeroporto, per familiarizzare con l'ambiente circostante e ritrovare l'orientamento.

Riley ringhiò, facendomi voltare verso di lei. Stava squadrando un'altra piccola folla di zombie, aveva le zanne scoperte.

È sicuramente la sua lupa, conclusi. Forse era da lei che proveniva tutta quella grinta.

Le diedi un colpetto col muso per attirare la sua attenzione, poi inclinai il capo nella direzione in cui volevo procedere.

Lei si girò verso di me e sbatté un paio di volte le palpebre, come se fosse appena uscita da uno stato di trance. Poi il suo sguardo corse nuovamente lungo il mio corpo. E un piccolo mugolio le uscì dalla bocca, confondendomi.

Era un suono decisamente sottomesso.

Beta e omega si inchinavano istintivamente agli alfa, ma c'era qualcosa in quel suono che suscitò l'interesse del mio animale. Somigliava quasi a una supplica.

Per cosa? Correre? Aiutarla a fuggire? Aiutare il suo lato umano a riprendere il controllo?

Non ne ero sicuro.

I suoi occhi scuri scintillarono sotto il sole del primo mattino, lasciandomi intravedere la donna sotto la pelliccia. Ma solo per un istante. Ebbi l'impressione che stesse lottando contro il suo animale.

Forse era per quello che aveva bisogno del mio aiuto: per domare la sua bestia.

Non dovrebbe già saperlo?, mi meravigliai. *È una cosa che i cuccioli imparano a cinque anni.*

Beh, ora non c'era tempo di discuterne o di aiutarla. Dovevamo andare.

Emisi un basso brontolio, come avevo fatto sull'aereo. Fu un atto istintivo, eppure così incredibilmente sbagliato. Gli alfa producevano quei suoni simili a delle fusa solo per i loro compagni predestinati o per i membri del loro branco che ne avevano bisogno. Riley non era sicuramente la mia compagna predestinata, né faceva parte del mio branco.

Eppure il mio lupo la pensava diversamente.

Considerato il modo in cui il suo animale ancheggiò verso il mio, sembrava che anche lei apprezzasse quelle attenzioni.

Così aumentai il volume per cullarla in uno stato di obbedienza e la condussi attorno all'orda in arrivo, verso il limitare della foresta.

Dovemmo compiere un semicerchio per poter procedere nella direzione giusta, ma c'erano molti meno Infetti sotto la copertura degli alberi.

Evitai i pochi che si misero sul nostro cammino, senza mai smettere di emettere quel brusio che Riley gradiva così tanto, e la guidai nelle profondità della foresta.

La sua lupa seguì il mio come se fosse vittima di un sortilegio. Probabilmente non aveva mai udito le fusa di un alfa. Alcuni alfa lo facevano per confortare altri membri del branco, ma Riley mi dava l'idea di qualcuno che ne aveva raramente bisogno.

Tuttavia, sembrava reagirvi positivamente.

Forse è questa la strada che porta al cuore della piccola furia.

Se la rendeva obbediente, avrei emesso quel suono ogni singolo giorno.

L'avrei considerato come parte del lavoro.

Corremmo per diversi chilometri, con un trotto veloce che ci portava sempre più nei meandri nel bosco.

Riley non si oppose. Non ringhiò. Non tentò nemmeno di rallentare o cambiare percorso.

Mi seguì e basta.

Quindi sei capace di obbedire, pensai. *Hai solo bisogno di un po' di affetto per farlo.*

O forse era per questo che in passato aveva rifiutato i miei inviti ad andare a correre insieme: sapeva che la sua lupa si sarebbe sottomessa al mio.

Interessante.

Possedevo l'abilità di costringerla a trasformarsi. Forse l'avrei sfruttata, se si fosse comportata male di nuovo.

Quasi sbuffai all'idea. Le vibrazioni emesse dal mio petto erano un'alternativa più gentile. Avrei provato prima con quell'approccio. Ma avrei sicuramente tenuto conto di quanto fosse obbediente il suo animale.

Continuammo ancora per qualche ora, fermandoci solo una volta ogni tanto per annusare il vento e controllare la posizione del sole.

Avevo trascorso molto tempo all'aperto, non solo come lupo ma anche come uomo. Mi piaceva perdermi nella natura selvaggia e ritrovare la strada di casa. Aveva qualcosa di liberatorio. Non ero mai stato una creatura da branco, preferivo girovagare da solo.

Forse perché ero cresciuto con i lupi V-Clan nel settore Blood. Come alfa X-Clan, ero sempre stato un emarginato. Ma mia madre, un'omega, si era innamorata di un alfa V-Clan. E visto che il mio padre biologico era morto, vivere in Islanda con il suo nuovo compagno era sembrata la scelta più logica.

Erano certamente diversi dalla maggior parte dei branchi X-Clan che conoscevo. Non solo per le loro doti magiche, ma anche per il modo in cui trattavano i membri dei loro clan.

Ma forse era solo il settore Blood a essere così. Per quanto Kieran non mi piacesse, era un buon leader. E di certo aveva conquistato il branco, nonostante le sue particolari circostanze.

Aveva conquistato anche Riley.

Ma quella era una questione completamente diversa, su cui il mio lupo non voleva soffermarsi. Perché era chiaro che i due medici fossero molto *vicini*.

E non volevo pensare a quanto fosse profonda la loro intimità.

O a quanto lei fosse sempre così dolce con lui. A quanto spesso gli sorridesse. A quanto spesso ridesse alle sue battute.

E infatti non ci penserò, decisi, aumentando il passo.

Riley reagì con un verso di protesta, facendomi rallentare di nuovo e girarmi verso di lei. Era il primo segno di disobbedienza da quando avevamo cominciato a correre. Guardandola, però, mi resi conto che non si trattava di un capriccio. Semplicemente non ce la faceva più.

Cazzo.

Ero stato così concentrato sul tragitto e su quello che ci circondava da non accorgermi di quanto fosse esausta.

Quand'è stata l'ultima volta che hai mangiato?, le chiesi tra me e me, osservando la sua fragile figura e il suo sguardo sofferente. *E perché non hai detto niente?*

Testarda di una femmina.

Sembrava sul punto di svenire.

Ma incolpare soltanto lei non era del tutto giusto. Avrei dovuto prestarle più attenzione.

Okay. Annusai l'aria alla ricerca di qualche segno di vita lì attorno. O di cibo. Magari anche di acqua.

E invece colsi soltanto una dolce fragranza trasportata dal vento.

Riley.

Strano. Il suo profumo mi aveva sempre attratto, ma in quel momento aveva qualcosa di diverso.

Inspirai di nuovo, cercando di capire cosa fosse. Ma Riley rabbrividì, distraendomi. Dovevamo trovare un rifugio e qualcosa da mangiare.

Con un brontolio rassicurante, mi diressi verso un odore di legna appena tagliata. Indicava un intervento umano, che ci avrebbe quindi condotti a qualcosa di utile. Un accampamento, o forse una casa nel bosco.

La seconda ipotesi era quella corretta.

Anche se non ce n'era una soltanto. Ce n'erano diverse.

Mi fermai accanto al limitare degli alberi e tornai in forma umana per poter usare la mia voce. Il mio corpo tremò per il cambiamento improvviso, il mio collo scrocchiò.

Riley mi fissò con gli occhi che le brillavano, la sua lupa mi stava ammirando ancora una volta.

«Vado a dare un'occhiata in giro. Resta in forma di lupo nel caso tu abbia bisogno di correre via, okay?». Cercai di pronunciare quelle parole con un accenno di fusa, sperando che la rendessero collaborativa.

La sua lupa rispose accovacciandosi sull'erba.

Splendida, pensai, lottando contro l'impulso di sorridere. «Se trovo qualcosa che non va, mi metterò a ululare» dissi invece, non volendo rischiare che tornasse al suo solito atteggiamento impertinente.

Poi mi avviai a piedi nudi verso le piccole case di legno, sfruttando appieno le mie capacità di mutaforma.

È ora di andare a caccia.

CAPITOLO 4
RILEY

Da qualche parte nella Carolina del Nord…

Alzati, ordinai alla mia lupa.

Che invece si stese a terra.

Ascolta, ti capisco. Ce l'hai con me perché non mi sono trasformata per… beh, per un po'. Ma devi darti una regolata.

Lei sbuffò in risposta e posò anche il muso sull'erba, obbediente fino al midollo. L'alfa le aveva detto di restare lì, e così aveva intenzione di fare.

Non è il nostro compagno, le dissi.

Un altro sbuffo.

Non è nostro, ripetei per l'ennesima volta. Ma la mia lupa era ipnotizzata dal brontolio di Jonas.

Okay, era piacevole. E nessuno aveva mai fatto quel verso per me, quindi mi stavo godendo come mi faceva sentire.

Ma questo non significava che volessi starmene seduta lì come una cagnolina obbediente in attesa del ritorno del suo padrone.

Purtroppo, quello era *esattamente* ciò che voleva la mia lupa.

A dire il vero, voleva molto di più. Voleva che il lupo di Jonas la montasse.

Non sarebbe mai successo.

Non appena si fosse accorto che ero un'omega, mi avrebbe reclamata. Ne ero certa, lo sentivo fin nel profondo dell'anima.

Così come sentivo l'entusiasmo della mia lupa per quella prospettiva. *Compagno degno*, mormorò. *Il mio compagno*.

Non è nostro, sbottai ancora una volta.

Anche se era tutto inutile; il mio animale non capiva davvero le mie parole. Percepiva le mie emozioni, e di solito eravamo in sintonia. Ma nel corso degli anni mi ero dissociata da lei, a poco a poco, a causa dei soppressori.

Soppressori che si stanno esaurendo rapidamente, pensai con un sospiro.

I crampi erano iniziati alcuni chilometri prima, strappandomi qualche lamento. Perché facevano *male*. Mi avevano sempre fatto male. E quel calore sarebbe stato ancora più doloroso del solito, dopo aver trascorso anni a bloccarlo.

Cazzo. Dovevo riprendere il controllo e nascondermi. Fare qualcosa che non fosse restare lì come una piccola omega obbediente.

Ma la mia lupa era incredibilmente testarda.

Dopotutto, era parte di me. La testardaggine era uno dei miei tratti principali.

Nonché il motivo per cui avevo deciso di abbandonare il mio branco, frequentare un'università umana e laurearmi. I miei genitori non erano d'accordo. Volevano che mi sistemassi nel settore Alberta con la triade di alfa scelta da mio padre.

Ovviamente ero fuggita.

Mio padre aveva cercato di impedirlo, ma all'epoca era stato facile sparire tra gli umani e fingere di essere una di loro. Ero riuscita a crearmi una nuova identità e studiare quello che mi interessava.

Arrivati a una certa età, i lupi smettevano di invecchiare; avevamo per sempre un aspetto giovanile.

Non che fossi molto vecchia, quando ero scappata.

Avevo solo diciannove anni. L'età perfetta per iscriversi all'università.

Avevo accumulato molti debiti, ma ne era valsa la pena per realizzare i miei sogni.

La triennale in biologia mi aveva condotta a una laurea in medicina. Dopo la specializzazione, avevo approfondito i miei studi concentrandomi sulle malattie infettive, per poi conseguire un dottorato in epidemiologia.

Avevo trascorso più di dieci anni a studiare ed esercitare in campo medico.

Ma tutto questo mi aveva portata al mio lavoro con il CDC.

Un lavoro che si era rapidamente trasformato in un incubo, quando l'ameba mangia-cervelli era mutata nel suo stato attuale.

Era bastato che un gruppetto di adolescenti nuotasse nel laghetto sbagliato. Avevano fatto il bagno nudi e inalato un po' di acqua dal naso, e da lì la malattia aveva cominciato ad alterarsi e diffondersi.

Molti politici l'avevano chiamata una strana coincidenza.

I ricercatori l'avevano definita una tempesta perfetta. Perché l'ameba era mutata grazie a delle condizioni specifiche già presenti nei corpi degli ospiti.

Sospirai internamente. Ormai si era evoluta in modo irreparabile.

E la struttura che avevamo dovuto lasciare era uno dei pochi luoghi in cui avevamo dei tessuti da esaminare.

Kieran li ha portati via? O li ha lasciati lì per essere distrutti?

E comunque dove stiamo andando?, mi domandai. Jonas non me l'aveva detto. L'avevo seguito ciecamente nella foresta.

Beh, non esattamente. *La mia lupa* l'aveva seguito ciecamente nella foresta.

E ora?

Avrei dovuto restare lì aspettando di andare in calore?

Il solo pensiero mi fece rivoltare lo stomaco.

Ugh.

Sapere esattamente con chi avevo a che fare non aiutava. *Quell'uomo ha il corpo di un dio.*

Linee flessuose, muscoli sodi, addominali da leccare. E un nodo con cui non volevo assolutamente avere nulla a che fare.

Non pensarci. Non pensarci. Non pensarci.

Oh, ma ci stavo pensando eccome. Quella circonferenza massiccia. Quel…

Smettila, rimproverai a me stessa. *Non è nostro.*

La mia lupa sbuffò di nuovo, irritata dalla mia ostinazione. Aveva desiderato Jonas per mesi, ed era certa che finalmente l'avremmo avuto.

E quel nodo.

Dentro di me.

Che ci legava insieme.

In una beata agonia.

Strinsi i denti. O almeno ci provai. Ma la mia lupa rifiutò di compiere quell'azione.

Potevo riprendere il controllo e costringerla a tornare in forma umana. Ma ero preoccupata per l'effetto che avrebbe avuto sul mio calore imminente. Stava già alterando le mie facoltà mentali, come dimostrato dalla splendida immagine di Jonas nudo che allietava i miei pensieri, e la trasformazione avrebbe potuto peggiorare le cose.

Un mugolio roco lasciò la mia bocca, un gemito impossibile da soffocare.

Era passato così tanto tempo dall'ultima volta che mi ero concessa del sesso. Ero stata con alcuni beta, così come con alcuni umani. Ma mai con un alfa. Per ovvie ragioni: non volevo essere reclamata contro la mia volontà.

D'altro canto, più pensavo a Jonas, più non mi dispiaceva l'idea di essere reclamata da lui.

Il che mi spaventava a morte, perché sapevo che era il mio calore a parlare, non la mia mente.

Non è nostro. Non è nostro. Non è nostro.

Pensa a cosa farà quando scoprirà la verità, mi dissi. *Pensa a quanto sarà arrabbiato.*

Avevo violato l'importanza di essere un'omega prendendo i soppressori. Come alfa, sarebbe stato furibondo. Probabilmente mi avrebbe punita rifiutandosi di darmi il suo nodo.

Almeno per un po'.

Abbastanza a lungo da farmi implorare.

Implorare *sul serio*.

Un ringhio prese forma dentro di me al solo pensiero. *Lo odio. Odio gli alfa. Odio tutto questo.*

Ma soprattutto odiavo desiderare Jonas.

Sarebbe stato tutto molto più facile se l'avessi odiato sul serio. Ma non aveva fatto nulla per meritarselo.

A parte esistere.

Esalai un sospiro profondo, che si estese anche alla mia lupa. Era il ritratto della calma, con le orecchie tese per cogliere il ritorno di Jonas.

Nessuna preoccupazione sulla nostra sopravvivenza.

Nessun pensiero dedicato alla fuga.

Solo una placida accettazione della nostra sorte.

Ecco perché è il lato umano ad avere maggiore controllo, le dissi. *Almeno abbiamo un po' di buon senso. Tu pensi solo col tuo sistema riproduttivo.*

Mi rispose sbuffando. Non necessariamente perché aveva capito cosa le avessi detto, ma per il mio tono. O forse per la mia reazione contrariata al suo rilassamento.

Non eravamo completamente disconnesse, solo quanto bastava perché in quel momento avesse il controllo.

Mi chiesi se fosse anche a causa di Jonas, con i suoi movimenti e le sue parole e il suo *verso*.

No, probabilmente no. Era tutta colpa mia, perché avevo impedito alla mia lupa di uscire allo scoperto per anni.

Ora che l'avevo liberata, voleva essere al comando.

E il suo obiettivo principale era accettare Jonas come compagno.

Non sa nemmeno che sei un'omega. Pensa che tu sia solo una beta.

La mia lupa grugnì.

Non ci vuole.

Lo ignorò.

Mi ignorò.

Sicuramente perché sapeva che non dicevo sul serio. Lui ci voleva eccome. O ci avrebbe volute nel momento in cui avesse scoperto la verità.

Come mi punirà?, mi domandai. Il mio ventre formicolò al pensiero. *Negazione dell'orgasmo? Una sculacciata? Ringhi violenti?*

Perché tutte quelle opzioni mi allettavano?

Oh, giusto. Perché il mio corpo aveva una mente propria.

Perché non ho preso i soppressori prima? Avevo perso tempo a mettere tutto in discussione. Certo, era un bene che non me ne fossi iniettata una dose, altrimenti non sarei riuscita a trasformarmi e correre con Jonas. Quindi, avrebbe scoperto comunque che c'era qualcosa che non andava.

E sarebbe stato ancora peggio.

Forse.

O forse questo è lo scenario peggiore, perché adesso voglio il suo nodo.

Grazie all'effetto dei soppressori, sarei riuscita a rifiutarlo.

In quello stato, invece, non potevo. Perché tutti i miei desideri proibiti stavano uscendo allo scoperto.

L'odore di Jonas divenne sempre più intenso, facendo arricciare il naso alla mia lupa. Ma c'era qualcosa di estraneo nel suo profumo legnoso. Qualcosa che ricordava il fumo.

Mi misi a sedere. O meglio, *la mia lupa* si mise a sedere.

Ma a nessuna delle due piaceva quel nuovo aroma.

Perché? Perché ha alterato il suo odore naturale?

Annusammo l'aria, arricciando il naso.

Inaccettabile.

Dopo qualche istante, riuscii a scorgere Jonas. Indossava dei jeans e un paio di stivali.

Anche questo è inaccettabile, pensai. *Perché sei vestito?*

Aspetta. Perché voglio che sia nudo?

Smettila. Di. Pensare.

Mi porse quello che sembrava un pezzo di stoffa. «Ti ho trovato un vestito. È rosa».

Sì. Ho gli occhi, risposi con uno sguardo gelido. *Vedo benissimo di che colore è.*

«C'è una casetta con del cibo in scatola, lenzuola, asciugamani e qualche altro oggetto. C'è anche un letto. Possiamo riposarci lì». Si guardò attorno, le sue narici erano dilatate. «Non c'è traccia di Infetti nelle vicinanze. E neanche di umani». Aggrottò la fronte. «Ma c'è qualcosa...». Si interruppe, arricciando il naso. «Cos'è? È un odore così...».

La mia lupa cominciò a scodinzolare.

A *scodinzolare*.

Non è una bella cosa, le dissi. *È un disastro*.

Come dimostrato dal modo in cui lo sguardo di ghiaccio di Jonas trovò il mio. Le sue narici fremevano. «*Dolce*».

Mi ci volle un istante per capire cosa intendesse.

Poi mi resi conto che stava completando la frase di prima. *È un odore così dolce*.

Sì, sono io che sto andando in calore.

«Riley...». Fece un passo avanti, e il tessuto rosa svolazzò a terra accanto a lui. «Perché hai l'odore di un'omega?».

Merda.

Mi alzai, e la mia lupa mi restituì subito le redini.

Forse perché percepiva l'aggressività che pulsava attorno a lui, quella rabbia da alfa che si sarebbe scatenata non appena avesse capito *perché* il mio odore aveva iniziato a cambiare.

In realtà, ero sconvolta che non se ne fosse accorto prima, mentre stavamo correndo.

D'altro canto, i crampi erano iniziati solo da un paio d'ore. Questo significava che stavo metabolizzando gli ultimi residui dei miei soppressori, e di conseguenza il mio vero odore aveva appena cominciato a trasparire.

Anche in quel momento, sentivo ancora qualche nota acidula del mio finto profumo da beta.

Ma Jonas aveva ragione: la dolcezza della mia natura di omega stava prendendo nettamente il sopravvento.

Fece un altro passo verso di me, e io indietreggiai istintivamente.

«Non azzardarti a correre via» ringhiò. «Torna in

forma umana e spiegami che cazzo sta succedendo. Adesso».

La mia lupa guaì; voleva obbedire.

Ma ora ero io ad avere il controllo, ero io a poter prendere le decisioni.

E avrei optato per l'opzione uno: *fuggire*.

Lo sapeva anche Jonas. Il suo ringhio da alfa aumentò, rischiando di forzare la mia trasformazione. Per evitare che accadesse, reagii immediatamente.

Mi lanciai verso il bosco, non nella direzione da cui eravamo giunti, ma di lato, verso… non ne avevo idea.

E non mi importava.

Sapevo solo che dovevo correre via.

Scappare.

Nascondermi.

Perché mi rifiutavo di essere reclamata. Volevo i miei sogni, la mia vita, la possibilità di *scegliere*.

E Jonas non mi avrebbe mai concesso nulla di tutto ciò.

Mi avrebbe presa. Montata. Messa incinta. *Posseduta.*

Non. Accadrà.

La mia lupa sembrava finalmente d'accordo con me, mi stava permettendo di correre al massimo della velocità.

Ma percepii una nota di entusiasmo danzare attorno al suo spirito, un entusiasmo che mi spinse a riflettere.

Perché ti stai divertendo? Stiamo per affrontare la battaglia più difficile della nostra vita. E tu stai ansimando?

Quella dannata lupa stava *sorridendo*.

Non era un ansimare esausto, era un segno di gioia.

Perché sentiva che Jonas ci stava inseguendo.

Sapeva che il suo alfa prescelto era a caccia.

E il mio fottuto animale *voleva* essere catturato.

Era la sua versione di una danza di accoppiamento.

Cazzo, pensai. *Non andrà a finire bene.*

CAPITOLO 5
JONAS

Da qualche parte nella Carolina del Nord…

Riley è un'omega.

E non un'omega qualsiasi. Un'omega che stava per andare in calore.

Il suo dolce profumo era un richiamo irresistibile per il mio lupo, e mi costrinse a seguirla nei meandri della foresta. Le avevo accidentalmente dato un po' di vantaggio, essendo troppo impegnato a guardarla schizzare via per reagire tempestivamente.

Poi mi ero tolto gli stivali, avevo strappato i jeans presi in prestito e in un attimo ero a quattro zampe, lanciato al suo inseguimento.

Che. Cazzo.

Come avevo fatto a non accorgermene? Il mio lupo l'aveva desiderata per mesi. Ero convinto che fosse la sfida a interessarlo.

E invece no.

Aveva sospettato fin dall'inizio quale fosse la sua vera natura.

52

E ora sapevo anche perché Riley non voleva mai venire a correre con me.

La sua lupa era decisamente un'omega, dalla corporatura minuta al suo istinto a obbedire.

Il suo animale era intrinsecamente sottomesso.

Mentre la donna sotto la pelliccia era una femmina impetuosa che non si sarebbe mai piegata a nessuno.

Una femmina che prendeva dei soppressori.

Ma perché? Perché nascondere la sua natura? Per evitare il calore? C'erano altri modi per trovare conforto durante l'estro, modi che non richiedevano di drogare la sua lupa.

Avrebbe dovuto saperlo. Era una scienziata!

Beh, almeno questo significava che li aveva presi in tutta sicurezza.

Certo, se una semplice trasformazione la faceva tornare un'omega in tutto e per tutto, i soppressori erano davvero una soluzione sicura?

Cazzo, era per quello che prima aveva esitato e non voleva trasformarsi? Quando era stata l'ultima volta che era andata a correre?

Non c'era da stupirsi che ci avesse messo così tanto a mutare.

Avevo ragione a essere preoccupato. E poi l'avevo fatta correre per ore.

Cazzo.

Ciò spiegava anche la sua spossatezza. Probabilmente non aveva mangiato nulla. Se avesse detto qualcosa, non avrei insistito così tanto.

Dannazione, Riley, pensai, con le zampe che praticamente volavano sull'erba mentre la inseguivo.

Era là fuori a sfidare i suoi limiti. Di nuovo. Proprio mentre stava per andare in calore.

Deve avere degli istinti suicidi. Perché di quel passo si sarebbe ferita gravemente, o peggio.

L'unica cosa sensata da fare era tornare al piccolo villaggio di case di legno e creare un rifugio in cui potesse rimanere al sicuro durante l'estro.

I soppressori avrebbero avuto un impatto sul ciclo? Quando era stata l'ultima volta che era andata in calore?

Avevo così tante domande, e c'era solo una lupa là fuori che poteva rispondere. Una lupa il cui odore si era appena ridotto a un debole profumo.

Il mio lupo annusò l'aria, confuso.

Poi piegò la testa di lato, e le sue orecchie si sintonizzarono su tutti i suoni della foresta.

E sul placido fluire dell'acqua in lontananza.

Ingegnosa, pensai, riprendendo velocità. Doveva essere entrata in acqua per lavare via il suo odore.

Purtroppo per lei, non sarebbe stato sufficiente a farmi perdere le sue tracce.

Seguendo il suono dell'acqua che scorreva sulle rocce, trovai un ruscello poco distante dal punto in cui non ero più riuscito a fiutarla. Scrutai la foresta già parzialmente immersa nel buio. Il sole era basso nel cielo, era quasi sera.

Questo significava che avevamo corso per almeno nove o dieci ore.

Riley doveva essere esausta, soprattutto nella sua condizione.

Dovevo trovarla prima che si facesse del male. Le omega non erano necessariamente fragili; erano soltanto minute. Ma Riley non si era mai presa realmente cura della sua lupa; era evidente dalla sua trasformazione.

Solo che non mi ero reso conto dell'entità del danno finché il suo odore non era cambiato.

Fottuti soppressori.

Almeno conoscere la sua vera natura rispondeva a molte domande.

Ma ne suscitava altrettante.

Vieni fuori, ovunque tu sia, pensai, soffermandomi a scrutare l'area vicino all'acqua.

Il mio animale sentiva che la sua lupa era vicina. Non aveva continuato a correre. Era rimasta accanto al ruscello, o forse addirittura al suo interno, per mascherare il suo odore.

Era nascosta lì da qualche parte.

Una lupacchiotta molto intelligente, pensai. Anche il mio animale sembrava compiaciuto, i suoi istinti erano stati stimolati dalla caccia.

Lo vedeva come un test. Un modo per dimostrare il suo valore come potenziale compagno.

I nostri lupi non lasciavano mai che le emozioni o dei fattori esterni potessero influenzare le loro decisioni. Quando la mia bestia voleva qualcosa, la prendeva.

E in quel momento voleva Riley.

Non gli avrei permesso di rivendicarla, ma gli avrei concesso l'opportunità di sedurre la sua lupa.

Poi, non appena lei avesse accettato il mio lupo, avrei emesso quel suono che le piaceva tanto.

Ammesso che la propensione di Riley alla disobbedienza non interferisse con il rituale di corteggiamento.

Stiamo parlando di Riley. È ovvio che si ribellerà.

Fui quasi sul punto di sbuffare.

Ma poi fui colto da un altro pensiero.

Un sospetto che mi inacidì lo stomaco.

È per questo che è sempre stata così scortese con me? Perché sono un alfa X-Clan? Era il suo modo di dirmi che non mi considera degno di lei?

Il mio lupo sbuffò in segno di disaccordo, consapevole

del dubbio che mi serpeggiava nella mente. Lui di dubbi non ne aveva. Sentiva l'interesse che proveniva dalla lupa di Riley.

Ci vuole, stava dicendo. *Ora troviamola e scopiamola.*

Gli lasciai le redini, permettendogli di guidare la caccia.

Se Riley mi riteneva indegno, era perché non mi aveva dato la possibilità di dimostrare il mio valore. Quindi avrei lasciato che fosse il mio lupo a parlare per me, attraverso le azioni, piuttosto che le parole.

Non avevo mai cercato attivamente una compagna. Non fino a quel momento. Ero troppo impegnato a fare il soldato. Un lavoro che mi aveva portato a diventare la guardia del corpo di Riley.

Destino? Forse.

O forse le nostre strade si erano incrociate per puro caso.

A prescindere dal motivo, ci saremmo ritrovati a dover discutere del futuro. Anche se quel futuro prevedeva semplicemente che la aiutassi ad affrontare l'estro. Perché presto avrebbe avuto bisogno di un nodo, e il mio era l'unico disponibile.

Qui Kieran non c'è, piccolina, pensai. Mi ero accorto dei sorrisetti ammiccanti che si scambiavano e del modo in cui la faceva ridere.

Fottuto principe.

Quel titolo non lo rendeva parte di una famiglia reale. Era solo il modo con cui i lupi V-Clan chiamavano gli alfa a capo dei loro settori.

Io avrei potuto essere a capo di un settore di lupi X-Clan. Ero abbastanza vecchio. Abbastanza forte. Abbastanza veloce. Abbastanza *intelligente*.

Ma non avevo mai tentato di entrare in un settore o in

un clan perché preferivo seguire la mia vocazione di soldato.

Se Riley voleva un *principe*, allora forse Kieran era la scelta migliore. Di sicuro aveva l'arroganza di un reale.

Pensare a Kieran e al fatto che Riley potesse preferirlo a me spinse la mia bestia interiore a ringhiare. Era irritato con me e con l'omega che si nascondeva da lui.

Il dubbio era una sensazione che il mio lupo rifiutava di riconoscere. Era determinato a portare a termine quello che stava facendo e sapeva di essere nel giusto.

La mia parte umana, invece, stava mettendo in discussione tutto a causa del comportamento bizzarro di Riley.

Il che era veramente fastidioso, perché io non mettevo mai niente in discussione. *Mai.* Eppure quella donna mi faceva rimuginare su ogni fottuta decisione, con il suo atteggiamento sprezzante e impertinente.

Tutto perché ha tenuto nascosta la sua natura di omega.

Il cuore della questione era lì: non voleva che lo scoprissi.

Beh, ora lo so. E ti troverò.

Era vicina. Sentivo la sua presenza. Il suo calore. Il suo *bisogno*. Il suo profumo mi avvolse come una coltre inebriante, trascinandomi lungo il ruscello, verso la sorgente.

Il mio lupo rallentò, il suo sguardo si era posato su un gruppo di rocce più grandi ammassate lungo la riva. Il tipo di rocce tra cui un lupo di piccole dimensioni avrebbe potuto facilmente nascondersi.

Saltò in cima a quella più alta e si sdraiò.

Poi ringhiò.

Da sotto le pietre provenne un mugolio sommesso. *Riley.*

Un altro ringhio, e lei uscì dal suo nascondiglio e scivolò nell'acqua.

I suoi occhi incontrarono i miei.

Capii dal modo in cui i suoi muscoli si tesero che stava per correre via, e il mio lupo reagì prima che lei potesse fare anche solo un passo.

Le saltammo addosso.

Rotolammo.

Ringhiammo.

E bloccammo la nostra omega sulla riva.

Lei tremò sotto di noi, un altro mugolio lasciò le sue fauci.

Ora sei nostra, piccola, pensai. Il mio lupo ringhiò di nuovo, ma stavolta si trattò di un ringhio di avvertimento. *Trasformati, o ti costringerò a farlo.*

La lupa mi mostrò la gola, la sua pancia stava già sfiorando la mia.

E cominciò a tornare in forma umana.

Mi tenni in equilibrio con le zampe ai lati della sua testa, non volendo rischiare di farle del male o schiacciarla sotto il mio peso. Le pietre sotto il suo collo e le sue spalle erano scomode e appuntite; avrei preferito bloccarla sull'erba, ma il ruscello mi aveva reso più facile intrappolarla.

Quando finì di mutare, feci lo stesso anch'io, e il mio lato umano prese il sopravvento su quello animale nella metà del tempo. *Perché non ho soffocato i miei istinti con i soppressori*, borbottai tra me e me.

I suoi occhi di un azzurro intenso furono di nuovo sui miei, nelle loro profondità era in agguato una lingua di fuoco.

Ci siamo.

«Lasciami andare» mi ordinò. Eppure le sue cosce si spalancarono, permettendomi di sistemarmi tra di esse.

Perché sì, il suo corpo mi voleva, come dimostrato dal fluido che mi colava sull'inguine. Un fluido frutto del desiderio nei miei confronti.

Ignorai il suo ordine e gliene rivolsi uno a mia volta. «Inizia. A. Parlare».

Obbedire non avrebbe dovuto essere un problema, visto che di solito diceva sempre tutto quello che pensava.

In quel momento, però, Riley scelse di restare in silenzio.

E mi scoccò uno sguardo omicida.

Premendo al tempo stesso l'inguine sul mio cazzo in un chiaro invito a scopare.

Avrei accettato volentieri, ma solo *dopo* aver avuto le risposte che cercavo.

«Riley» ringhiai, assicurandomi che capisse che non ero dell'umore adatto per essere ignorato. Non con il suo dolce corpo *bagnato* sotto il mio. «Sono a circa cinque secondi dal darti il mio nodo, *omega*. Spiegami com'è possibile».

Conoscevo già la causa: soppressori.

Ciò che volevo davvero sapere era *perché*.

Lei deglutì a fatica, e il fuoco nel suo sguardo perse di vivacità.

«Rispondimi. Dimmi perché hai preso dei soppressori». Forse informarla di ciò che già sapevo l'avrebbe aiutata ad aprirsi.

«Volevo... volevo una vita...». Quelle parole sommesse non erano ciò che mi aspettavo di udire. Non l'avevo mai sentita parlare con quel tono. La rendeva così... *omega*.

E non ero sicuro che mi piacesse.

Riley era fiera e grintosa, due tratti di lei che ammiravo.

Non la volevo mite e sottomessa. Volevo *lei*.

«Volevo *vivere*» continuò con un po' più di energia, una

parte di lei sembrava aver preso vigore. «Essere molto di più di una fabbrica di cuccioli».

Inarcai le sopracciglia. «Più di una *cosa?*».

«Mi hai sentito» rispose, e i suoi occhi scintillarono ancora di fuoco liquido.

Eccoti qui, pensai. *Continua a parlare.*

«Sono molto più della mia designazione. Ma tutto quello che vedete voi alfa è un'omega a cui dare il vostro nodo. E io volevo *di più*».

Beh, *quello* mi fece ringhiare. «Io vedo molto più di un'omega a cui dare il mio nodo» la informai.

«Ah sì?». Premette ancora di più il corpo sul mio, e il suo sesso umido rivestì il mio di calda eccitazione. «Non eri a cinque secondi dal darmi il tuo nodo, *alfa?*».

«Stai per andare il calore». Non riuscii a dirlo senza un basso ringhio. «Quindi sì, ti scoperò».

«Senza alcun riguardo per i miei desideri?».

«Mi stai rifiutando?» ribattei, giocando al suo stesso gioco e muovendo il bacino in modo da strusciarmi sul suo clitoride. «Vuoi affrontare l'estro da sola?».

«Perché pensi che sia corsa via?» replicò.

«Perché la tua lupa voleva mettere alla prova il mio». Mi mossi di nuovo, adorando il modo in cui i suoi capezzoli si indurirono sul mio petto in risposta. «E ora sa con certezza che sono un degno compagno. È per questo che stai praticamente ansimando sotto di me, Riley. Vuoi il mio nodo».

Ma lei ringhiò. «Sto per andare in calore dopo più di dieci anni senza scopare. Ora come ora, mi va bene qualsiasi nodo».

Aggrottai la fronte. «Qualsiasi nodo?».

«È quello che ho detto, alfa. Sono un'omega. Qualsiasi nodo va bene. Quindi sì, sto reagendo al tuo».

Arretrai e mi sedetti sui talloni, pur restando tra le sue

gambe spalancate, colto di sorpresa dalla sua affermazione brutale.

Avevo desiderato quella donna per mesi.

E in sostanza mi aveva appena detto: *Immagino che andrai bene, visto che non ho altra scelta.*

Dopo tutto quello che avevo fatto per lei. L'avevo protetta. Avevo rischiato la vita per lei. L'avevo messa al primo posto in ogni momento.

E adesso mi ringrazia dicendo che è attratta da me soltanto perché sta andando in calore e sono l'unico disponibile?

Al diavolo.

Avevo passato il test della sua lupa. Le avevo dimostrato le mie abilità e il mio valore per *mesi*.

Se non mi trovava degno per qualcosa di più del mio nodo, non glielo avrei dato.

«Va bene». Mi alzai in piedi.

Un gesto che ovviamente attirò il suo sguardo sul mio sesso pulsante.

Ma non gliel'avrei dato. Non dopo quell'insulto.

Qualsiasi nodo.

«Ti preparerò un rifugio sicuro per il calore. Oppure puoi restare qui fuori e cavartela da sola». Non l'avrei legata al letto e costretta a scopare con me.

Non ero quel tipo di alfa.

Alcuni l'avrebbero semplicemente presa, costringendola a implorare. Ma io volevo che la mia donna mi desiderasse, non che si *accontentasse*.

Forse era un effetto dell'essere cresciuto con i lupi V-Clan. Perché mio padre sicuramente non si era comportato in quel modo con mia madre. L'aveva presa durante il calore insieme ad altri tre alfa; poi si erano azzuffati per decidere chi si sarebbe accoppiato con lei.

Era morto così.

E mia madre era stata salvata dal suo attuale compagno.

Quindi sì, prendere un'omega contro la sua volontà era un tasto dolente per me, considerato che era il modo in cui ero stato concepito.

Riley l'avrebbe saputo, se si fosse degnata di parlare con me.

E invece no. Mi rifiutava per motivi che non capivo.

E in quel momento non ero nemmeno sicuro di volerli conoscere.

Qualsiasi nodo.

Già.

Buona fortuna, dottoressa.

«Divertiti» dissi, e mi avviai verso il villaggio.

Non c'erano pericoli là fuori, almeno per il momento. Riley sarebbe stata bene. E se avesse deciso di inoltrarsi nella foresta, l'avrei rintracciata e sarei rimasto nelle vicinanze per proteggerla.

Perché quello era il mio lavoro.

Ma non appena l'avessi portata alla base, avrei chiesto un trasferimento.

Perché… fanculo tutto questo.

E fanculo lei.

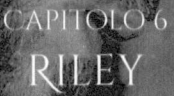

CAPITOLO 6
RILEY

Da qualche parte nella Carolina del Nord…

Un attimo, tutto qui?

Mi accigliai.

Poi mi voltai e vidi che Jonas se n'era effettivamente andato.

Ma che diavolo?!

Mi misi a sedere. Ero tutta bagnata a causa del maledetto ruscello e di tutto il resto.

Se n'è andato.

La mia lupa ringhiò internamente, furiosa.

Ma non ce l'aveva con lui. Ce l'aveva con me.

Non aveva capito esattamente cosa ci fossimo detti, ma le era ben chiaro che avevo insultato il suo alfa prescelto.

Ora come ora, mi va bene qualsiasi nodo.

Okay. Ero stata meschina. E non era nemmeno vero. Certo, avrei raggiunto quello stato durante l'estro, ed era esattamente quello il motivo per cui odiavo andare in calore. Ma non ero ancora a quel punto. In quel momento potevo tranquillamente scegliere.

E sì, tra tutti gli alfa che conoscevo avrei scelto lui.

Ero solo incazzata per tutta la situazione. Incazzata perché era riuscito a prendermi. Incazzata perché mi era *piaciuto* che ci fosse riuscito. Incazzata per la facilità con cui mi stavo arrendendo a lui. Incazzata perché eravamo in mezzo alla foresta, lontano dai miei laboratori e dai miei soppressori.

Incazzata perché una parte di me era grata di tutto questo.

Grata che con me ci fosse Jonas e non qualcun altro.

Grata perché eravamo da soli.

Sono un disastro, pensai rannicchiandomi su un fianco, colpita da una fitta al ventre. *Cosa sto facendo?*

E lui?

Mi aveva lasciata lì.

Che razza di alfa lasciava da sola un'omega che stava per andare in calore? Avrebbe già dovuto scoparmi, portandomi ancora più vicino alla soglia della mia imminente follia.

Non *andarsene*.

Gli alfa non davano alle omega la possibilità di scegliere. Prendevano ciò che volevano.

È perché non mi vuole?

Una ruga profonda mi si disegnò tra le sopracciglia. *No, mi vuole. Su questo non c'è dubbio.* Ne avevo appena avuto la prova, l'avevo vista in tutta la sua magnificenza tra le sue cosce muscolose.

Era andato via spinto dall'orgoglio, perché avevo insultato il suo nodo. Avevo insultato *lui*.

La maggior parte degli alfa mi avrebbe risposto scopandomi, dicendomi di comportarmi bene e di godermela. Avrebbero dimostrato la loro bravura e le loro dimensioni, passando direttamente all'azione.

Lasciandomi lì, invece, Jonas aveva dimostrato tutt'altro.

L'avevo rifiutato, e lui aveva più o meno accettato il mio rifiuto.

Era decisamente tutt'altro tipo di alfa.

Ti preparerò un rifugio sicuro per il calore. Oppure puoi restare qui fuori e cavartela da sola.

Non aveva detto che avrebbe preparato un rifugio per entrambi, ma solo per me. Perché aveva accettato la mia decisione? O perché era talmente arrabbiato con me da non volermi nemmeno scopare?

Di solito, gli alfa arrabbiati erano terrificanti, non ragionevoli. Ma la sua era stata una furia silenziosa, e mi aveva lasciata lì senza ringhiarmi contro.

Mi misi a sedere e mi portai una mano sul ventre; le mie viscere si stavano ribellando di nuovo. Una sensazione che non mi era mancata per nulla.

Espirai profondamente e cercai di alzarmi in piedi. Ci riuscii a stento, vacillando, ma ci riuscii. *Ce la posso fare.* Feci un passo e il mio alluce colpì una pietra.

Strillai quando finii di nuovo nel ruscello. Bloccai la caduta con le mani, evitando per un soffio di sbattere la faccia su una dannata roccia.

«Cazzo! Che male!». Il mio ginocchio stava sanguinando. E il mio alluce doleva per l'impatto di poco prima. Ero molto più aggraziata a quattro zampe. Ma non potevo trasformarmi di nuovo, ero troppo esausta. Troppo affamata. Troppo *debole*.

Cosa che mi fece incazzare ancora di più.

Odiavo sentirmi debole. Era parte del motivo per cui disprezzavo essere un'omega. Parte del motivo per cui non sopportavo il calore, che mi lasciava vulnerabile e bisognosa di aiuto.

Due caratteristiche che mi erano state imposte alla nascita.

Avevo lottato con tutte le mie forze per non essere né debole né tantomeno bisognosa di aiuto.

Eppure eccomi lì, ridotta praticamente a strisciare verso la riva del ruscello perché non ero nemmeno in grado di alzarmi in piedi.

Il mio mento tremò per la voglia di piangere, e anche quello mi fece incazzare ancora di più. Le lacrime mi offuscarono la visuale.

Odio tutto.

Tutta quell'autocommiserazione non era da me. Niente di ciò che stava succedendo era da me.

O forse sì.

Forse era la *me* da cui mi ero nascosta per più di un decennio.

Riuscii finalmente a raggiungere la riva e mi trascinai sull'erba. *Torna in te, Riley. Sei più forte di così. Sei meglio di così.*

Ma era difficile sentirsi in quel modo quando le proprie viscere pulsavano di *bisogno.*

Avrei dovuto lasciare che Jonas mi scopasse, invece di insultarlo e cacciarlo via. Anche se, in tutta onestà, non intendevo davvero *cacciarlo via.* Volevo farlo infuriare al punto che mi scopasse per la rabbia. Così poi avrei potuto odiarlo.

Ma lui se n'era andato e basta, cosa che nessuno degli alfa del mio vecchio branco avrebbe mai fatto.

Jonas non è come gli altri alfa, ricordai a me stessa.

Ne avevo avuto il sospetto, perché era sempre stato tranquillo e in disparte, più intento a osservare che a far valere la sua autorità. Certo, a volte assumeva un atteggiamento dominante, ma sembrava che i tipici tratti da alfa emergessero solo nei momenti in cui era in modalità protettiva.

Ma non era mai veramente possessivo o crudele. Solo una premurosa guardia del corpo.

E l'avevo appena insultato in un modo in cui non avrei mai neanche lontanamente pensato di insultare un altro alfa.

Cosa cazzo c'è che non va in me?

Conoscevo già la risposta. Era una domanda retorica. Premetti la fronte sull'erba e sospirai.

Alzati, Riley.

Alzati.

Va' al villaggio.

Scusati.

E accetta la sua offerta di tenerti al sicuro.

Mi sollevai da terra con le braccia che tremavano. Riuscii finalmente ad alzarmi in piedi e un piccolo gemito mi sfuggì dalle labbra.

Quel gemito diventò un sussulto quando vidi Jonas appoggiato al tronco di un albero, intento a osservarmi.

Nudo.

Ovviamente era nudo. Era nudo sopra di me solo qualche minuto prima. Anch'io ero ancora nuda.

Eppure non sembrava interessato alla mia nudità. Stava esaminando le mie gambe, e le ferite lasciate dalla mia piccola avventura nel ruscello.

Era ancora eccitato, così come lo ero io, ma non si avvicinò.

«Hai deciso se restare qui o tornare al villaggio?» chiese con un tono che non lasciava trapelare nulla.

«V… villaggio» balbettai.

Annuì. «Ottima decisione».

Si allontanò dal tronco, ma invece di avvicinarsi a me, si avviò verso le piccole case di legno.

Lo guardai allontanarsi con un'espressione accigliata. Prima se n'era sicuramente andato. Era tornato quando mi aveva sentita cadere? Perché non mi aveva aiutata a uscire dal ruscello?

Forse pensava che non me lo meritassi.

E dopo come lo avevo trattato, probabilmente aveva ragione.

A dirla tutta, mi sarei meritata molto di peggio per come mi ero comportata con lui fino a quel momento. Non ero mai stata particolarmente gentile con lui. Non perché non mi piacesse, era solo che… non volevo che scoprisse che ero un'omega, perché sapevo che mi avrebbe sottratto la possibilità di scegliere e mi avrebbe reclamata.

Ma quando se n'era andato dal ruscello, mi aveva dimostrato che mi sbagliavo.

Solo che poi era tornato… e mi aveva lasciata lì di nuovo.

Quella volta, però, lo seguii. Con il suo nome sulla punta della lingua.

Peccato che poi il mio fottuto piede si impigliò sulla radice di un albero.

Misi subito le mani in avanti, ma non colpirono il terreno. Finirono invece sui fianchi di Jonas, che mi aveva presa al volo.

E la mia faccia si bloccò a pochi centimetri dal suo inguine.

Balzai all'indietro, solo per sbattere di nuovo sulla stessa maledetta radice.

Jonas mi prese per la vita con un'espressione vagamente sorpresa. «Hai dimenticato come camminare su due gambe, dottoressa?».

Sbuffai. «A quanto pare…».

«Uhm…» mormorò. «Allora è meglio che ti trasformi».

«Non posso» borbottai. «Consumerebbe quel poco di

energia che mi è rimasta, e probabilmente darebbe anche inizio all'estro».

Mi guardò per qualche lunghissimo istante. «Vuoi che ti porti?». Il suo tono suggeriva che era l'ultima cosa che voleva fare.

Questo, ovviamente, mi fece venire voglia di acconsentire solo per farlo arrabbiare.

Ma soffocai l'impulso e scossi il capo. «Riesco a camminare. Solo… lentamente».

Mi studiò per qualche altro secondo, poi mi lasciò andare.

Fui sul punto di inciampare per la terza volta, o forse la quarta, ma riuscii miracolosamente a rimanere in piedi.

Jonas inarcò un sopracciglio con aria incuriosita.

«Sono esausta, okay?» ammisi. «E chiaramente manco di coordinazione».

«Mi sono offerto di portarti in braccio».

«Con un tono che indicava chiaramente quanto non volessi farlo» risposi. «Quindi no. Preferisco camminare».

«Perché devi sempre fare la difficile?» chiese lui. «Sto cercando di aiutarti, dottoressa Campbell».

Il modo in cui mi aveva chiamata mi strappò una smorfia.

Dottoressa Campbell.

Non Riley.

«*Cazzo*. Non ho fatto altro che aiutarti» continuò. «Eppure ti scontri con me a ogni occasione. Perché? È perché non volevi una guardia del corpo? Volevi occuparti di tutto da sola? O sono un caso particolare? Perché di certo non ti comporti così con *il principe Kieran*».

Il tono velenoso con cui pronunciò il nome di Kieran mi fece spalancare gli occhi.

Ma in realtà fu tutto il suo discorso a sorprendermi.

Perché era già il secondo della giornata.

Chi avrebbe mai immaginato che la mia attraente guardia del corpo fosse così loquace?

Continuò a fissarmi... o meglio, a fulminarmi con lo sguardo, in attesa di una risposta.

Quando non gliela diedi, scosse la testa e riprese a camminare.

«Ho rifiutato il tuo aiuto perché il mio primo istinto è stato quello di accettare» gli dissi. «Non stavo cercando di fare la *difficile*». Pronunciai l'ultima parola con una voce profonda, nel tentativo di somigliare a Jonas.

Lui si fermò. «Non ha alcun senso».

«Beh, volevo accettare perché sapevo che non volevi farlo, quindi sarebbe stata solo una vendetta da parte mia. Il mio rifiuto è stato un tentativo di essere gentile».

Si girò verso di me, con i lunghi capelli biondi che ricadevano in onde indisciplinate intorno al suo bel viso. «Perché non mi dici cosa vuoi davvero, senza usarla come un'opportunità per essere *gentile* o *vendicativa*?» suggerì.

Arricciai le labbra di lato, incapace di rispondere. Tra di noi non si era mai veramente trattato di quello. Volevo... volevo solo che *se ne andasse*. Era una complicazione con cui non volevo avere a che fare, non mentre dovevo occuparmi di tutto il resto.

Ma non era giusto nei suoi confronti, e lo sapevo. D'altro canto, dubitavo che avrebbe mai compreso la mia istintiva sfiducia nella situazione.

Io ero un'omega.

E lui un alfa.

Nella sua mente, ero una creatura preziosa destinata a portare in grembo i suoi cuccioli, o quelli di un altro alfa. Niente di più. Niente di meno.

Non avrebbe mai capito il mio desiderio di essere qualcosa di diverso. Nessuno di loro lo capiva.

Jonas sospirò e si passò le dita tra i capelli. «Perché non

puoi rispettarmi come fai con gli altri?» chiese. «Cos'ho fatto per guadagnarmi la tua ostilità?».

«Non è così» mormorai.

«Beh, è chiaro che non ti piaccio» insistette. «Qual è il problema? Cos'hai bisogno che faccia per andare d'accordo con me?».

«Ehm...». Non ero sicura di cosa rispondere.

Tutto quello che voleva la mia lupa era che mi montasse. In quel momento Jonas trasudava puro dominio. Probabilmente lo faceva sempre, ma c'era qualcosa di più intenso del solito nella sua postura e nel suo tono di voce.

«Stai per andare in calore nel bel mezzo di un fottuto bosco durante l'apocalisse» disse, sottolineando le sue parole con un ringhio sottile. «Ci vorrà un bel po' di impegno per proteggerti».

Deglutire fu improvvisamente difficile. «Dipende da cosa intendi con "proteggermi"».

Mi lanciò un'occhiata che suggeriva che avevo dato la risposta sbagliata.

«Intendo barricare la dannata casa, sentirti implorare di essere scopata e scacciare chiunque risponda alle tue urla» precisò. «Combattendo al tempo stesso l'impulso di soddisfare il tuo requisito per cui "qualsiasi nodo andrà bene"».

Trasalii. Okay, mi meritavo la sua frecciatina. Ma ciò non significava che mi piacesse.

«E poi dovrò scortarti fino alla base».

«Quale base?» chiesi.

«Fort Bragg» rispose. «Oggi abbiamo tenuto un passo di circa otto chilometri all'ora, quindi ci mancano almeno altri trecento chilometri. Probabilmente di più».

Conoscevo Fort Bragg.

Ma non era una struttura del CDC.

Stavo per chiedere dove saremmo andati dopo, ma Jonas non aveva ancora finito di parlare.

«Questo significa che dobbiamo passare altre due settimane insieme, dottoressa. Nessuno verrà a prenderci. Non ci sarà nessun altro alfa a proteggerti. Quindi dimmi di cosa hai bisogno per far funzionare le cose, e lo farò». Non sembrava abbattuto, quanto piuttosto esausto. E non esausto nel senso di stanco per la corsa, ma... stanco di me. Del mio atteggiamento. Della mia maleducazione.

E aveva tutto il diritto di sentirsi in quel modo.

Non avevo fatto altro che essere ostile nei suoi confronti fin dall'inizio.

«Non è che non mi piaci...» dissi.

Jonas grugnì ma non aggiunse altro. Si limitò a incrociare le braccia sul suo petto scolpito nel marmo e fissarmi. *In attesa.*

«Non volevo che scoprissi cosa sono» ammisi alla fine. «Sei un alfa. Tu prendi e basta. E io non voglio essere presa».

Un altro grugnito. «È questo che sto facendo adesso, dottoressa? Sto *prendendo*?».

«Beh, no. Non ancora. Ma...».

«Non sai niente di me, dottoressa Campbell. E non hai neanche mai tentato di conoscermi». Le braccia gli ricaddero lungo i fianchi, e avanzò verso di me. «Se avessi voluto scoparti, mi sarebbe bastato ringhiare. Ti saresti ritrovata in ginocchio a piangere nel giro di pochi secondi».

Una parte di me sperava che dimostrasse la sua tesi *facendolo*.

Avrebbe reso tutto molto più facile.

Ma il gelo nella sua espressione mi disse che in quel momento era l'ultima cosa che aveva intenzione di fare. «Non ci sarebbe stato nessun *prendere*, ma solo *dare*» aggiunse.

Si fermò a meno di un metro da me, con le narici dilatate.

Non sapevo cosa dire. Perché aveva ragione. Sarebbe bastato un ringhio, e l'avrei implorato di scoparmi.

«Mi sono sempre comportato in modo professionale con te perché prendo il mio lavoro molto seriamente» disse dopo un attimo di pesante silenzio. «Questo non cambierà. Hai bisogno che ti porti in braccio, dottoressa Campbell?».

«Smettila di chiamarmi così» dissi, odiando il modo in cui usava il mio titolo. Ormai sembrava quasi un insulto.

«Rispondi, dottoressa».

Non che così fosse meglio.

Ma capii dalla sua espressione che non era il momento di discutere.

Sospirai e decisi che si era più che guadagnato una risposta sincera. «Oggi non ho mangiato. Il mio corpo sta attraversando... *un cambiamento*. E sono stanca. Quindi, per quanto sia in grado di camminare, sarei molto più lenta di te».

Odiai ammetterlo.

Ma era vero.

«E...». Feci una piccola pausa, preparandomi mentalmente a continuare. «E non credo che questo sia un buon momento per intestardirmi. Insomma, forse non ho bisogno di essere portata in braccio, ma vorrei essere portata in braccio. Per favore».

Da qualche parte nella Carolina del Nord…

Era la risposta più civile che la dottoressa Riley Campbell mi avesse mai dato.

«Okay». Coprii la distanza che ci separava. «Preferisci che ti porti come una sposa che varca la soglia di casa, oppure vuoi saltarmi in spalla?».

Riley sbuffò.

Inarcai un sopracciglio. «Rispondi alla mia domanda, dottoressa».

Alzò gli occhi al cielo e scosse il capo. «Come una sposa, *alfa*. Tanto vale fingere fino in fondo, giusto?».

«Fingere cosa?» chiesi sollevandola. Dovevamo tornare indietro al più presto per poter sistemare quello che sarebbe stato il nostro rifugio per almeno una settimana. E preferivo occuparmene prima che calasse il sole.

«Che siamo innamorati?» suggerì mentre iniziavo a camminare. «Che mi stai corteggiando? Che ci stiamo frequentando? Qualsiasi cosa sia necessario fare prima che mi scopi per una settimana».

Grugnii. «Non ho nessuna intenzione di scoparti, omega».

Scoppiò a ridere. «Certo».

Mi fermai e abbassai lo sguardo su di lei. «Lo sai che gli alfa possono controllare il loro istinto ad accoppiarsi, vero?».

La sua espressione rivelò che non ne aveva la più pallida idea. «Nessun alfa vuole controllarsi».

«Non ho detto che vogliono farlo, dottoressa. Ho detto che *possono*». Ripresi a camminare, osservando con attenzione tutto quello che ci circondava.

«Non ho mai visto un alfa controllare i suoi impulsi. Non è possibile».

«Beh, stai per vedere me» la informai in tono piatto. I più forti della nostra specie possedevano la capacità di mantenere il controllo in ogni momento, anche quando venivano messi alla prova da un'omega eccitata.

Forse non se n'era mai resa conto, ma io ero un alfa forte. *Molto* forte.

«Vorrei quasi fare una scommessa» commentò, dimostrando la sua ignoranza e insultandomi di nuovo.

Invece di farglielo notare, mi limitai a borbottare: «La perderesti».

«Sei così sicuro di te».

Non risposi. Poteva fingere di sapere tutto quello che voleva. Le avrei dimostrato che aveva torto attraverso le mie azioni, che contavano molto di più delle parole.

«Non hai appena detto che eri a cinque secondi dal darmi il tuo nodo?» chiese dopo diversi minuti di silenzio.

«Non hai appena detto che non vuoi fare la difficile?» ribattei. «Eppure adesso mi stai provocando. Qualcuno direbbe che questo è fare la difficile, dottoressa».

«Perché hai cambiato idea nel giro di pochi secondi.

Prima mi prometti il tuo nodo e un attimo dopo me lo neghi. Sto solo sottolineando la contraddizione, *alfa*».

Continuava a usare quel titolo come se fosse un insulto.

Ero nato alfa. L'avevo accettato. Solo perché lei vedeva il suo essere un'omega come una debolezza o qualcosa da nascondere, non significava che io mi sentissi allo stesso modo rispetto alla mia designazione.

«Continui a parlare di essere in grado di controllare i tuoi impulsi» riprese lei. «Ma eri pronto a scoparmi nel ruscello».

«Sì. Quando pensavo che la tua lupa volesse il mio lupo» risposi, aumentando il passo. Non vedevo l'ora di mettere fine a quella conversazione. E l'unico modo di farlo era arrivare alla casa e chiuderla a chiave in una fottuta stanza.

«E adesso?» insistette. Chiaramente non sapeva quando era ora di smetterla. «Non lo vuoi più?». La sfumatura maliziosa del suo tono mi fece stringere i denti.

È tutto un gioco per lei?

O stava solo cercando di provocarmi per dimostrare qualcosa e costringermi a scoparla?

«Cosa stai cercando di dimostrare?» le domandai, stanco di tutti quei giochi di parole. Anche nei miei giorni migliori odiavo parlare. E quel giorno non era certo uno dei migliori.

«Che volevi darmi il tuo nodo e vuoi ancora farlo» disse. «Lo accetto perché è così che funzionano i nostri lupi. Quindi se tu non dovessi riuscire a mantenere il controllo, lo capirei».

Grugnii di nuovo. «Starò bene». Lei, d'altro canto, no. Avrebbe sofferto, e a me avrebbe fatto male non aiutarla. Ma non volevo essere solo "un nodo qualsiasi" per lei.

«Seriamente, Jonas. Non ho bisogno di una dimostrazione del tuo autocontrollo. Va bene lo stesso».

Mi fermai di nuovo e la guardai con un'espressione furiosa. Ero stanco di quella fottuta conversazione. «Non è solo per dimostrarti il mio autocontrollo, omega. Hai detto chiaramente che non mi vuoi. Non c'è problema. Accetto il tuo rifiuto. Ed è per questo che non ti scoperò».

Lei sbiancò. «Non ti ho rifiutato».

Scossi la testa e ricominciai a camminare. Quello doveva essere il chilometro più lungo della storia.

«Non ti ho rifiutato» ripeté. «Ho solo detto che sto per andare in calore. Qualsiasi nodo avrebbe lo stesso effetto su di me. È semplice biologia, Jonas».

«Già» concordai. «Qualsiasi nodo». Non il *mio* nodo. Anche se la sua lupa aveva sfidato il mio e io avevo vinto la sfida.

La donna, però, non la vedeva così.

Non mi voleva. Non mi *conosceva*. Fin dall'inizio del nostro rapporto di lavoro, aveva messo in chiaro che non voleva avere nulla a che fare con me.

All'epoca volevo farle cambiare idea a furia di sesso. Ora, invece, volevo tenere il mio cazzo alla larga da lei.

Perché mi rifiutavo di essere *uno qualsiasi*.

Forse il mio ego aveva giocato un ruolo nella decisione, o forse la causa era da attribuirsi al mio lupo ferito. In ogni caso, non avevo nessuna intenzione di cambiare idea.

Riley rimase in silenzio così a lungo che mi domandai se fosse svenuta. Ma un'occhiata nella sua direzione mi mostrò due splendidi occhi spalancati che mi fissavano. Non mi aveva mai guardato così. Come se finalmente si fosse resa conto che ero un uomo.

Mi costrinsi a distogliere lo sguardo, tornando a scandagliare il percorso tra gli alberi. Dovevo portarla al villaggio il prima possibile.

A ogni secondo che passava, il suo profumo era sempre più dolce. La sua genetica da omega invocava la bestia dentro di me. Il mio istinto di reclamarla mi stava tormentando, soprattutto a causa della sfida lanciata dalla sua lupa al mio animale.

Ho vinto, continuava a dire. *È mia.*

Solo che la parte umana della mutaforma non ci voleva.

All'improvviso la sua piccola mano mi accarezzò il mento, sfiorandomi la mascella coperta da un velo di barba con la punta delle dita. Allontanai istintivamente il viso, e il mio lupo ringhiò internamente.

Lei trasalì e ritrasse la mano. «Scusami».

«Non mettere alla prova il mio autocontrollo» dissi a denti stretti. «Le conseguenze non ti piaceranno». Non perché l'avrei scopata, ma perché l'avrei punita.

Chiudendola a chiave in una fottuta stanza a soffrire da sola.

Okay, era comunque quello che avevo intenzione di fare, ma almeno l'avrei confortata un po' emettendo quel verso che le piaceva tanto. Ammesso che il mio animale mi permettesse di farlo, arrivati a questo punto.

«Non sto cercando di mettere alla prova il tuo autocontrollo» ribatté. «Volevo... volevo solo toccarti».

«Non ne hai il diritto, dottoressa».

Rispose con un piccolo ringhio contrariato che attirò l'attenzione del mio lupo. La reazione di Riley gli era piaciuta. «Non ti ho rifiutato, *alfa*. Ma ammetto di averti insultato».

Mi limitai a grugnire. Non avevo nessuna intenzione di ripetere quella conversazione.

«Non volevo insultarti, Jonas».

Un'altra affermazione che non meritava una risposta. Che volesse farlo o meno, mi aveva comunque insultato. *Ripetutamente.* Per mesi.

Per un anno.

L'avevo tollerato perché l'avevo vista come una sfida.

Ma ormai avevo capito che non era una sfida; era un'omega che rifiutava un alfa.

Non sarei stato come il mio padre biologico.

Non avrei scopato un'omega riluttante.

Ero stato cresciuto da un buon alfa. Era un lupo V-Clan con una passione per la notte e il sangue, ma era anche un uomo integerrimo. E soprattutto era un alfa *onorevole*.

Proteggeva ancora mia madre, e vivevano serenamente insieme nel settore Blood.

Beh, il più serenamente possibile, visto il periodo turbolento che stavamo attraversando.

Ma la sicurezza e la protezione che garantiva a mia madre mi avevano permesso di esplorare altre possibilità fuori dal nido. Altrimenti, mi sarei sentito obbligato a restare a casa con lei.

Nessuno dei due mi aveva mai nascosto la storia della mia nascita o gli eventi che l'avevano preceduta.

Il compagno di mia madre l'aveva reclamata quando ero ancora nel suo grembo.

Non sapevano che effetto avrebbe avuto su di me.

Ma mi ero rivelato indubbiamente un alfa X-Clan.

Anche se, volendo credere a Riley, questo significava che non ero in grado di controllarmi. Quindi forse avevo assimilato quel "potere" dal compagno di mia madre.

«Sei veramente arrabbiato» si meravigliò Riley. «Non credo di averti mai visto arrabbiato».

Mi ci volle uno sforzo fisico per non reagire a quel commento idiota. Non sapevo se mi stesse provocando di proposito o meno. Amava farmi incazzare. Lo faceva sempre.

Si zittì di nuovo, concedendomi qualche minuto di beato silenzio.

Per poi sussultare all'improvviso.

Rischiai di lasciarla cadere. Avvolse le braccia attorno al mio addome, e dalle labbra le sfuggì un gemito sofferente.

Chiuse gli occhi e tentò di superare il momento respirando profondamente.

Soffocai un sospiro. Il mio lupo era perfettamente consapevole del suo stato. Non era ancora in calore. In base all'odore, sarebbero trascorse circa dodici ore prima che fosse stravolta dal bisogno.

Ma sarebbero state dodici ore molto difficili.

A cui sarebbero seguiti giorni di agonia, in cui avrebbe sofferto senza l'opportunità di un po' di sollievo.

Non volevo reagire. Volevo solo continuare a camminare. Ma purtroppo la mia bestia era di tutt'altro avviso, e mi costrinse a emettere dal petto un profondo brontolio per calmare l'omega che tremava tra le mie braccia.

Non si rilassò immediatamente, ma il ritmo del suo respiro rallentò.

Rimasi assolutamente immobile, temendo che potesse sussultare di nuovo.

Tuttavia, l'unica cosa che fece fu rannicchiarsi sul mio petto, come se cercasse di rifugiarsi nella fonte del brusio.

Con un sospiro, aumentai l'intensità e lasciai che la confortasse.

E questo la spinse a stringersi ancora di più a me. «Grazie» sussurrò.

Invece di rispondere, ripresi a camminare.

Fu solo quando raggiungemmo il piccolo villaggio che disse: «Nessun alfa ha mai fatto quel suono per me». La sua voce era sommessa, sembrava quasi assonnata. «E non ho mai ricevuto un nodo».

Non fui sorpreso dalla sua confessione. Di solito, le rivendicazioni prevedevano anche un rapporto completo.

E questo spiegava gran parte della sua esitazione nei confronti degli alfa.

Ma dicevo sul serio, quando le avevo spiegato che esistevano alfa in grado di controllare il loro istinto all'accoppiamento. E io ero uno di quelli.

I suoi insulti mi erano stati certamente d'aiuto; per quanto il mio corpo fosse pronto, la mia mente stava dicendo: *Assolutamente no*.

Continuò a strusciare il viso sul mio petto, anche mentre mi dirigevo verso la casa che avevo individuato in precedenza, quella con più provviste. Oltretutto, avevaa una pesante porta esterna che sarebbe stata utile per bloccare eventuali intrusi. Le finestre senza vetri sarebbero state un problema, ma le avrei sistemate.

Avrei anche dato un'occhiata al generatore che c'era sul retro. Da quello che avevo visto, sembrava ci fossero dei pannelli solari coinvolti nel sistema. Ciò significava che forse aveva ancora un po' di energia disponibile.

Aprii la porta con la punta del piede, con le orecchie nuovamente sintonizzate su tutto ciò che ci circondava. Ma l'ambiente era silenzioso come prima, e il mio naso percepiva solo il dolce profumo di Riley.

Presto sarebbe stata necessaria una perlustrazione completa dell'area, perché c'era una buona probabilità che il profumo di omega offuscasse ogni potenziale minaccia.

Prima mi allontanavo da lei, meglio era.

Così la portai in casa e su per le scale, dove c'erano due camere. Ne scelsi una e posai Riley sul letto.

«Non c'è acqua corrente, ma c'è una pompa per pozzi sul retro, vicino al generatore. Vedrò cosa posso fare. Se vuoi dei vestiti, ci sono diverse opzioni nell'armadio. E al piano di sotto c'è del cibo in scatola». Non approfondii oltre e mi voltai per andarmene.

«Jonas…».

Mi fermai sulla soglia, ma non mi girai verso di lei. «Sì?».

«Mi dispiace» disse. «Mi dispiace di essere sempre così scortese con te. E di averti mancato di rispetto».

Serrai la mascella, tentando di pensare a cosa rispondere.

Per quanto apprezzassi le sue scuse, non ero sicuro di volerle accettare.

Per quanto ne sapevo, stava solo cercando di persuadermi a perdere il controllo e scoparla, per poi usarlo contro di me in futuro.

Sembrava molto da lei.

Così, invece di rispondere, le rivolsi un piccolo cenno d'assenso.

E me ne andai.

Avevo un rifugio da preparare e un'omega da proteggere. Al momento erano quelle le cose più importanti. E non potevo fare nessuna delle due restando in quella stanza a discutere.

Poteva cavarsela da sola per un po'.

Mentre io mi occupavo di tutto il resto.

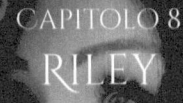

CAPITOLO 8
RILEY

Da qualche parte nella Carolina del Nord...

Camminai avanti e indietro in cucina in preda alla frustrazione.

Frustrazione che non aveva nulla a che vedere con il cibo disponibile, dato che avevo già previsto che non ce ne fosse molto, ma con la continua assenza di Jonas.

Se n'era andato da *ore*. Ormai era completamente buio. Ci vedevo soltanto grazie alla mia vista da lupo. Ma anche gli altri sensi erano particolarmente acuti, e non riuscivo a sentire l'odore di Jonas né a udire i suoi movimenti.

Era sparito.

Quando ero uscita, mezz'ora prima, avevo colto soltanto un leggero accenno del suo profumo. Ciò mi fece pensare che si fosse allontanato da un po'.

Per andare dove? Cosa sta facendo? Mi sta punendo? O è così che riesce a controllarsi, fuggendo dall'omega in calore?

Era così infuriato. Sapevo di aver oltrepassato il limite, ma non avevo capito quanto fosse arrabbiato finché non mi ero ritrovata stretta a lui.

Eppure, mi aveva confortata.

Nonostante tutto, si era preso cura di me.

Perché si è sempre preso cura di me. Anche prima di sapere che ero un'omega era sempre stato lì, a proteggermi e a provvedere ai miei bisogni.

Era il suo lavoro, certo. Ma lui era andato oltre. Mi aveva trattata come se fossi stata *sua.*

E quello era parte del motivo per cui ero sempre stata così ostile nei suoi confronti. Non volevo essere posseduta, reclamata o accudita da un alfa.

Volevo la mia libertà.

E Jonas me l'aveva appena offerta su un piatto d'argento.

Non ho nessuna intenzione di scoparti, omega.

Ero convinta che scherzasse. Quale alfa sarebbe riuscito a resistere a un'omega in calore?

Ma il modo in cui era trasalito quando lo avevo accarezzato, un gesto che avevo compiuto inconsciamente, mi aveva dimostrato quanto fosse serio.

Il suo corpo era indubbiamente pronto, e aveva addirittura detto che mi avrebbe dato il suo nodo. Ma quando mi aveva lasciata sulla riva del ruscello, era cambiato tutto.

Perché fino a quel momento, era convinto che la mia lupa volesse il suo lupo.

E aveva ragione: avevo reagito in quel modo solo perché la mia lupa lo desiderava. Detestavo quanto mi facesse sentire debole. E mi ero sfogata nel modo peggiore, ferendo il suo ego di alfa.

Tuttavia, la sua rabbia sembrava andare molto più in profondità.

Secondo lui, io l'avevo rifiutato. Negarlo non era servito.

Perché in realtà non avevo fatto altro che respingerlo.

Per mesi. Ero stata una stronza perché non avevo capito cosa provassi davvero per lui.

Non volevo una relazione con l'alfa che aveva provocato la mia omega interiore.

E, di conseguenza, ero stata scortese, crudele e semplicemente *cattiva*.

Quindi sì, l'avevo rifiutato.

Ripetutamente.

Tutto per sottrarmi alla verità, cioè che in realtà lo desideravo.

«Ottimo lavoro, Riley» borbottai.

L'unico lato positivo della situazione era che non dovevo preoccuparmi di essere reclamata.

Anche se ora, in un certo senso, volevo che lo facesse. Perché era davvero un degno compagno.

Aveva dimostrato di essere molto diverso dagli alfa che avevo conosciuto. E l'avevo allontanato sulla base del mio passato, ignorando il presente e il futuro che mi stavano davanti.

Appoggiai gli avambracci sul bancone della cucina e premetti la fronte sulla superficie di marmo. Non era fredda. Era calda. Proprio come tutta la casa.

La temperatura mi aveva spinta a indossare un vestitino leggero. Nient'altro. Aveva le spalline sottili, la scollatura bassa e terminava a metà coscia.

Ero quasi certa che fosse stato pensato per una bambina.

Ma io ero un metro e sessanta scarso, e mi servivano abiti consoni alle mie dimensioni da omega.

Un ringhio rimbombò dentro di me, la mia irritazione nei confronti di tutta la situazione stava tornando a galla. Mi ero comportata in modo orribile con Jonas per qualcosa che non era colpa sua. Qualcosa che nessuno dei due poteva cambiare. Qualcosa di cui avevo avuto paura per tutta la vita.

Non sai niente di me, dottoressa Campbell. E non hai neanche mai tentato di conoscermi.

Jonas aveva ragione.

Ma anche torto.

Non sapevo molto di lui, ma sapevo abbastanza. Era un uomo di poche parole che preferiva l'azione.

E tutte le sue azioni avevano dimostrato che era un ottimo alfa.

Non mi aveva mai costretta a inchinarmi a lui. Né mi aveva mai rimproverata, nonostante le numerose occasioni in cui avrebbe dovuto farlo. Era sempre stato cordiale e incredibilmente paziente.

«Uno di questi giorni, ti metterà a novanta e ti scoperà finché non la smetterai di comportarti così» aveva scherzato Kieran qualche tempo prima, una delle tante volte in cui io avevo congedato Jonas in modo poco educato. «E ne adorerai ogni istante».

Gli avevo risposto con uno sbuffare incredulo. «Sappiamo entrambi che non succederà mai».

«Al contrario, *macushla*». Kieran aveva avvicinato il viso al mio orecchio e aveva aggiunto: «Solo tu pensi che non succederà mai. Ma un giorno scoprirà cosa nascondi. Vedrai».

«Beh, adesso lo sa» dissi a voce alta. Non che Kieran potesse sentirmi.

Anche se una parte di me sperava potesse farlo. Sperava che fosse lì. Perché sicuramente avrebbe avuto una soluzione per tutto quel casino.

D'altro canto… la sua soluzione sarebbe stata che Jonas mi scopasse.

Cazzo, probabilmente si sarebbe anche dichiarato favorevole a permettergli di reclamarmi.

«È cresciuto nel settore Blood» mi aveva detto Kieran. «Non lo conosco bene, ma Lorcan sì. Sembra che a quei due piaccia stare in silenzio insieme».

Avevo incontrato Lorcan almeno un paio di volte, ma solo di sfuggita. Era un membro della guardia d'élite di Kieran. Ed era terrificante.

Un po' come Jonas, in realtà.

Perché anche Jonas aveva quel non so che di cupo e spaventoso. Tuttavia, a differenza di Lorcan, aveva cercato di mostrarsi più disponibile in mia presenza. E spesso aveva anche cercato di coinvolgermi in una conversazione.

E io l'avevo respinto. Ogni singola volta.

«Perché sono una persona orribile» dissi a me stessa. «*Ugh*».

Meritavo quel castigo.

Meritavo di essere abbandonata. Di stare sola. Costretta ad affrontare l'estro senza il tocco di un alfa.

Non sarebbe stata la prima volta.

Né l'ultima.

Avevo scelto una vita di solitudine. Non avevo mai voluto un nido, un figlio o un compagno.

Perché nessun alfa aveva mai suscitato il mio interesse.

Finché non avevo incontrato Jonas.

Ed era per questo che lo avevo allontanato. Mi spaventava. Mi faceva mettere tutto in discussione. Aveva fatto agitare la mia lupa. Perché lei lo voleva. Anche in quel momento, mi stava esortando a trasformarmi e andare a cercarlo. Perché voleva essere reclamata. Voleva il suo tocco. Il suo *nodo*.

Quanto di questo desiderio è dovuto al calore?, mi domandai. *O sono davvero io?*

Dovevo ammettere che Jonas mi aveva attratta fin dal primo giorno. Era stato difficile ignorare il suo splendido viso, i suoi capelli biondi e il suo corpo muscoloso.

Era la personificazione del maschio alfa.

Un esemplare destinato a essere adorato dalle mie mani e dalla mia lingua.

Ed era un'attrazione che andava oltre la lussuria. Mi aveva colpita nel profondo dell'anima.

Non avevo mai capito come fosse possibile. La magia del legame di accoppiamento e dei compagni predestinati non apparteneva ai lupi X-Clan. Noi sceglievamo i nostri partner.

E io avevo scelto di non prendere un alfa.

Avevo addirittura soppresso l'istinto di farlo con le medicine.

Eppure, ciò non aveva fermato la mia lupa dal notare Jonas.

Forse solo perché Jonas era un alfa X-Clan. Ma non avevo mai desiderato nessuno come desideravo lui.

Trovavo molti alfa incredibilmente belli.

Ma Jonas era a tutt'altro livello.

Il suo profondo equilibrio, la sua calma imperturbabile e la sua inspiegabile pazienza lo rendevano ancora più desiderabile.

Proprio come la dimostrazione che mi aveva appena offerto.

La sua fiducia nella capacità di controllare i suoi istinti.

Il modo in cui mi aveva portata in braccio e mi aveva confortata nonostante fosse furioso con me.

Era tutto ciò che un alfa avrebbe dovuto essere: *onorevole*.

Devo andare a cercarlo e scusarmi, decisi, raddrizzando la schiena.

Avevo mangiato qualcosa dopo che se n'era andato, cibo in scatola e vecchi cracker. Ma erano stati sufficienti a darmi un po' di energia.

Le mie viscere erano ancora in rivolta. Continuavo ad

avere spasmi che mi lasciavano praticamente inerme molto più a lungo di quanto avrei voluto.

Erano trascorsi circa trenta minuti dall'ultimo.

Questo significava che un'altra fitta era imminente.

Non volevo provare quel dolore lancinante all'esterno, da sola. Anche se non c'erano Infetti nelle vicinanze, bastava una folata di vento nella direzione sbagliata per cambiare radicalmente la situazione.

E farmi diventare il pranzo di un'orda di zombie.

Erano ossessionati dalla fame. I loro corpi deterioravano ma non morivano; il virus si era evoluto mantenendo in vita l'ospite come una specie di cadavere animato.

Era inquietante.

E anche parte del problema che avevamo nella ricerca di una cura: gli umani erano troppo compromessi per essere riportati indietro.

Cercare di fare qualcosa dopo un certo punto era semplicemente crudele. E quel punto lo raggiungevano poco dopo essere stati contagiati.

Mi lasciai cadere su una delle sedie della cucina, e le mie spalle si afflosciarono.

Avevo trascorso così tanto tempo a cercare una soluzione, a *sperare* di trovare un modo per salvare l'umanità, ma ogni giorno era sempre più chiaro che avevo fallito.

Okay, forse non era esattamente così. Ma mi sentivo comunque un fallimento. E odiavo sentirmi in quel modo.

Questo rendeva la situazione con Jonas ancora più difficile da sopportare, perché avevo fallito anche con lui.

«Benvenuti alla fiera dell'autocommiserazione» borbottai rivolta al tavolo innanzi a me. Era piccolo, c'era soltanto un'altra sedia.

Su cui avrebbe dovuto essere seduto Jonas.

Anzi, no.

Jonas avrebbe dovuto essere di sopra a scoparmi. La mia lupa sbuffò, palesemente d'accordo con me. Ma il suo sbuffo diventò in fretta fastidio nei miei confronti. Perché era colpa mia se il nostro compagno se n'era andato.

Premetti il palmo sul ventre, sperando che arrivasse lo spasmo successivo, così da poter andare alla ricerca di Jonas.

Ovviamente, non accadde nulla.

Ma sapevo che, nell'attimo in cui avessi messo piede all'esterno, i crampi sarebbero ricominciati.

Quindi per adesso sono bloccata qui.

Lasciai cadere la fronte sul tavolo, come avevo già fatto col bancone, e sospirai frustrata.

Non posso stare seduta qui.

Dovevo almeno prepararmi. Se Jonas mi aveva realmente lasciata lì ad arrangiarmi da sola, dovevo creare una barricata di qualche tipo. O una vera e propria tana. Perché nel giro di qualche ora sarei impazzita dal bisogno di essere scopata e incapace di proteggermi.

Ma ha detto che avrebbe fatto la guardia, pensai. *Che gli sia successo qualcosa là fuori? Che abbia cambiato idea? Che mi stia punendo?*

Avevo già riflettuto sull'ultima opzione. Così come mi ero già chiesta se fosse fuggito per mantenere il controllo. D'altro canto, prima sembrava perfettamente padrone di sé.

Insomma, o gli era successo qualcosa, o aveva deciso di punirmi. Dubitavo che si trattasse della prima, viste le sue abilità e la sua esperienza. Quindi doveva essere la seconda.

Ciò significava che non era andato troppo lontano, solo quanto bastava perché non riuscissi a sentire la sua presenza.

Forse stava stabilendo una sorta di perimetro che mi avrebbe tenuta al sicuro, garantendo però che affrontassi tutto quanto da sola.

Stronzo. Eppure, anche mentre gli rivolgevo mentalmente quell'insulto, mi resi conto che non si stava comportando da stronzo. Mi stava dando esattamente quello che volevo.

Ero io che stavo punendo me stessa.

Appropriato.

Mi alzai di nuovo e ripresi a camminare nervosamente avanti e indietro.

Okay, avrei avuto bisogno di più lenzuola. Acqua. Forse anche di un guinzaglio. Se avessi potuto muovermi liberamente, quasi di certo sarei andata a cercare Jonas. O un altro alfa.

O qualsiasi cosa che potesse scoparmi.

Ecco perché odio essere un'omega.

Ma invece di continuare a commiserarmi, dovevo prepararmi.

Ero una scienziata di fama.

Sarei stata in grado di gestire uno stupido calore.

Dovevo solo trovare quello che mi serviva e barricarmi in una stanza.

Ce la farò.

CAPITOLO 9
RILEY

Da qualche parte nella Carolina del Nord…

Non ce la farò.

Morirò.

Sto andando a fuoco.

Mi rannicchiai nell'armadio, tremando nonostante il calore che mi pervadeva.

Avevo scelto quello spazio ridotto per creare il nido perché mi faceva sentire al sicuro. Almeno in principio. Ma quando i fremiti avevano cominciato a scuotermi fin nel profondo, avevo iniziato a sentirmi inquieta e claustrofobica.

Un lamento sommesso mi sfuggì dalle labbra. Era la mia lupa che implorava per avere un po' di sollievo. Non necessariamente sesso, ma *qualcosa*. Anche solo un cubetto di ghiaccio.

Perché faceva un caldo infernale.

Mi sentivo soffocare.

Sola.

Ma era quella la strada che avevo scelto. Quella che meritavo.

Una lacrima tradì la mia desolazione, facendomi venire voglia di ringhiare. *Non sono questa creatura patetica. Sono la dottoressa Riley Campbell. Non ho bisogno di un alfa. Non ho bisogno di nessuno.*

Ma ciò non mi impediva di desiderare un po' di compagnia.

E non la compagnia di chiunque, ma di Jonas.

Inspirai profondamente, bramando il suo profumo legnoso. La sua protezione. La sua presenza dominante.

Era stato lì per mesi, sempre a fissarmi, sempre a sorvegliarmi. L'avevo dato per scontato. Era giusto che mi lasciasse a cavarmela da sola nel momento di maggior bisogno.

Perché non l'avevo mai rispettato.

Non l'avevo mai ringraziato a dovere.

Non ero neanche mai stata gentile con lui.

Mi strinsi le ginocchia al petto, il vestito era incollato alla mia pelle. Gemetti di nuovo. L'eccitazione aveva già iniziato a colarmi lungo le cosce, calda e appiccicosa.

Deglutii a fatica, avevo la bocca secca. Non ero riuscita a trovare molto da bere. E come aveva detto Jonas, non c'era acqua corrente.

Sarà una lunga settimana.

Per fortuna, noi lupi eravamo molto resistenti. Avrei potuto sopravvivere con poco cibo, o anche senza. Mi avrebbe indebolita, ma ce l'avrei fatta a raggiungere Fort Bragg.

Sempre che Jonas non mi lasci qui a morire, pensai con amarezza.

No. Ero ingiusta nei suoi confronti. Si era dimostrato un uomo estremamente corretto. Anche se era arrabbiato con me, non mi avrebbe mai abbandonata al mio destino.

Questa è solo una punizione.

Un modo per mettermi al mio posto.

Perché è un alfa e questo è ciò che fanno gli alfa.

Mi abbracciai le ginocchia con tutte le forze, tentando disperatamente di smettere di tremare. Ma tutto ciò che ottenni fu peggiorare la situazione.

«Riley?». La voce profonda di Jonas vorticò attorno a me, come se provenisse dal buio della notte.

Un inganno.

Un desiderio.

Un sogno delirante.

«Riley?». La voce tornò, strappando un guaito alla mia lupa.

Non è reale, le dissi. *È la nostra mente che ci gioca brutti scherzi.*

Mi era già successo durante il calore. Beh, non esattamente *così*. Perché all'epoca non conoscevo ancora Jonas. Tuttavia, sapevo che durante l'estro il mio cervello si sbizzarriva.

Una volta mi ero lasciata scopare da un beta immaginando che fosse un alfa. Avevo creato nella mia mente la sensazione di essere penetrata con un nodo che in realtà non esisteva.

Era stato straziante.

E da allora non avevo più permesso a un beta di prendersi cura di me durante il calore.

Perché solo un alfa poteva realmente soddisfare un'omega.

Ora l'alfa che avevo scelto aveva un nome. «*Jonas*». Solo pronunciarlo ad alta voce mi fece fremere. E quello era solo l'inizio della follia che mi aspettava.

Inspirai profondamente. Il suo profumo mi avvolse in un mare di beatitudine in cui sarei affogata nell'istante successivo.

Non è reale, ripetei a me stessa. *Mi ha lasciata qui. Mi ha abbandonata. Mi sta punendo.*

Un suono a malapena percettibile si intromise nella mia solitudine. La mia lupa si rianimò. Arricciai il naso, investita ancora una volta dall'odore di Jonas.

Oh, sembra così reale.

Riuscivo quasi a sentirlo muoversi nella casa.

I suoi stivali sulle scale.

Il mio nome sulle sue labbra.

La sua mano sulla maniglia dell'armadio.

Chiusi gli occhi, immaginandolo sopra di me. Immaginando che aspetto avrebbe avuto. *I suoi occhi color ghiaccio che brillano nel buio. I capelli che gli ricadono attorno al viso in onde selvagge. La sua mascella serrata coperta da un velo di barba. Le sue mani tese verso di me…*

«Riley». La sua voce si era ridotta a un sussurro.

Si sta affievolendo.

Se ne sta andando.

Si sta trasformando in…

Le sue dita mi sfiorarono la guancia.

E dal suo petto riecheggiò un suono…

Oh, lupi, il suono più meraviglioso che esista. Così affettuoso e confortevole. Così perfetto.

Mi sporsi verso la sua mano, abbandonandomi al sogno, abbandonandomi a *lui*.

Il rombo aumentò di intensità. Le sue dita si mossero e si avvolsero attorno alla mia nuca, offrendomi il dominio agognato dalla mia lupa.

Sospirai. «Jonas».

«Sono qui».

«No, non ci sei» sussurrai. «Ma va bene. Lo capisco».

«No, Riley. Sono davvero qui» insistette con un piccolo ringhio.

Aggrottai la fronte e socchiusi appena gli occhi,

aspettandomi che il sogno finisse. Ma non lo fece. Anzi, la mia visuale fu riempita dalla sua espressione preoccupata. «Jonas».

«Sì». Mi diede una leggera stretta alla nuca e poi mi lasciò andare. «Sono andato a cercare degli attrezzi per riparare il generatore e la pompa. Ora funzionano. Presto avremo l'acqua».

Era accucciato davanti a me.

Ed ebbi l'impressione che stesse per alzarsi.

Così mi lanciai verso di lui per tenerlo vicino, terrorizzata che mi lasciasse di nuovo. Terrorizzata che potesse *sparire*.

«Sei reale» mi meravigliai, seppellendo il naso nel suo collo. «Oh, lune, sei *reale*». Non riuscivo a smettere di tremare, il mio bisogno di aggrapparmi a lui aveva la meglio su ogni pensiero razionale.

Non era a causa del calore.

O forse era tutta colpa del calore.

Non lo sapevo.

Sapevo solo che avevo bisogno di lui. Non del suo nodo, ma di *lui*. «*Jonas*».

«Ehi» mormorò, stringendomi tra le braccia. «Va tutto bene. Sono qui».

Scossi la testa. «Te ne sei andato».

«A prendere tutto quello che potrebbe servirci».

«Per punirmi» dissi, senza ascoltarlo. «Te ne sei andato per punirmi. E me lo meritavo. Sono stata… sono stata scortese. Irrispettosa. Mi dispiace. Stavo… stavo cercando di allontanarti. Non volevo desiderarti. Ma la mia lupa. La mia lupa… Ho dovuto prendere così tanti soppressori solo per evitare *tutto questo*. Per evitare *te*. Io… non…». Non sapevo cos'altro aggiungere.

C'era così tanto di cui scusarmi.

Volevo solo che rimanesse lì con me.

«Ti prego, resta» mormorai. «Lo so che non lo merito. Che non ti merito. Ma… ho bisogno di te». Non fu facile ammetterlo. Eppure non mi sembrava ancora abbastanza. «Mi dispiace di averti insultato. Scusami. Scusami per tutto. Volevo solo infastidirti quanto tu infastidisci me».

Inspirai profondamente, riempiendomi col suo odore familiare. Con la sua forza. Con la sua *presenza*.

Nostro, dichiarò la mia lupa. *Questo maschio è nostro*.

Vorrei che fosse vero, pensai rivolta a lei. *Ma non lo è*.

«Ti infastidisco?» mi chiese dolcemente Jonas.

«Non di proposito» sussurrai sul suo collo. «Mi fai ammattire. Perché la mia lupa ti vuole. Più di quanto abbia mai voluto un altro lupo. È per questo che l'effetto dei soppressori sta svanendo così in fretta. Ho dovuto continuare a soffocare i suoi impulsi. E… e questo mi ha fatta arrabbiare così tanto… con te».

«Perché la tua lupa mi vuole».

«E anch'io» bisbigliai. «Non… non voglio essere posseduta. Non voglio che un alfa mi dica cosa devo fare. Voglio essere libera. Ma tu… tu mi hai fatto considerare altre possibilità. Non voglio considerare altre possibilità, Jonas. Voglio la mia vita. Voglio poter *scegliere*».

«E pensi che accoppiarti con un alfa te lo impedisca?».

«Non voglio un cucciolo. Almeno non ancora. Ma gli alfa intrappolano le omega nei nidi e le costringono a riprodursi».

«Sì, alcuni lo fanno» concordò, accarezzandomi teneramente la schiena. «Ma non tutti, Riley».

Scossi la testa. «Tutti gli alfa che conosco lo fanno».

«Io no» disse semplicemente. «Io non lo faccio».

«Tu non hai ancora una compagna».

«Per scelta» replicò. Sembrava frustrato. «Non mi hai mai chiesto niente sul mio passato o sul perché abbia preso certe decisioni. Come il motivo per cui faccio la guardia a te invece di prendere il controllo di un clan».

«Perché lo fai?».

«Perché preferisco stare da solo» rispose. «Mi piace proteggere gli altri, in fin dei conti è la mia natura. Ma non ho mai trovato un branco a cui unirmi. E non ho mai pensato di prendermi un'omega».

«Ma hai detto che volevi darmi il tuo nodo».

«Perché sei *tu*, Riley».

«Perché hai capito che ero un'omega» tradussi.

«No». Avvolse di nuovo il palmo attorno alla mia nuca. Mi allontanò da lui abbastanza da potermi guardare negli occhi. «Ti ho desiderata per mesi. Anche quando pensavo che fossi una beta».

«Perché?».

Alzò le spalle. «La tua determinazione. La tua intelligenza. Il tuo atteggiamento esuberante. La tua dedizione alla causa. Tutto».

Lo fissai.

«Probabilmente il mio lupo ha percepito la tua vera natura» continuò. «Ma il mio lato umano... *io*, ti ho sempre voluta a prescindere da cosa fossi».

«Ma un alfa ha bisogno di un'omega. Sarebbe stato temporaneo tra noi, se fossi stata una beta».

«Fai troppe generalizzazioni sugli alfa» mormorò. «Non siamo tutti uguali».

«Lo so che ci sono vari tipi di alfa, Jonas».

«Non sto parlando di *tipi*, dottoressa. Sto parlando di personalità e desideri. Non tutti gli alfa vogliono le stesse cose. Forse anch'io non voglio ancora avere dei figli. Ci hai mai pensato?».

«No» ammisi. «Ma...».

«Ma?» mi incalzò.

«Ma non te l'ho mai chiesto» sussurrai. «L'ho solo...».

«Dato per scontato?» suggerì. La sua espressione si addolcì. «Hai dato per scontato molto su di me».

Cominciò a muoversi, e mi avvinghiai ancora di più a lui. Il mio istinto mi costringeva a tenerlo stretto a me.

«Ti prego, non…».

Mi sollevò dal pavimento, interrompendomi. Volevo dirgli di non lasciarmi, ma quello andava bene. Premetti di nuovo il naso sul suo collo, inspirando profondamente e mugolando compiaciuta.

Lui rispose con il suo solito brusio, facendomi praticamente sciogliere sul suo petto. «Adoro quel suono» gli confidai. «Mi fa sentire al sicuro».

«*Sei* al sicuro» promise. «Non permetterò che ti accada nulla, dottoressa».

«*Riley*» lo corressi. «Chiamami Riley».

«Riley» mi fece eco dolcemente, con le labbra sul mio orecchio. «Ti ho preparato un bagno. L'acqua è quella del pozzo, ma l'impianto idraulico ha un filtro integrato per purificarla. È stata una delle cose che ho dovuto sistemare quando sono uscito».

«Un bagno?» ripetei.

«Per aiutarti con le vampate di calore. L'acqua non è fredda, ma fresca». Mi portò nel bagno che si trovava nell'altra stanza. Non avevo esplorato molto lì dentro. Mi ero concentrata sulla ricerca di un posto sicuro dove nascondermi ed ero stata distratta dai crampi.

Ma la sua presenza mi aveva tranquillizzata. *È il verso che fa. È lui.*

Jonas cominciò a posarmi sul pavimento, aiutandomi a reggermi in piedi. «Puoi…».

«Non lasciarmi» lo interruppi, stringendolo a me con tutta la forza che mi era rimasta. «Ti prego, non lasciarmi». Mi aiutava a sentirmi sana di mente. A sentirmi *umana.*

«Devi bere un po' d'acqua, Riley. Le bottiglie che ho riempito sono di sotto».

La mia gola gridò il suo assenso, ma le mie braccia non accennavano a lasciarlo andare. Non mi ero mai sentita così bisognosa di qualcuno in tutta la mia vita. E non aveva nulla a che vedere col sesso. Si trattava di *lui*.

Jonas studiò il mio viso per un lungo momento. «Okay». Mi sollevò di nuovo e ci avventurammo, avvinghiati l'uno all'altra, attraverso la zona notte e giù per le scale. Scendendo, sentii il suo dolce brontolio riecheggiare tutto intorno a me. Arrivati al piano di sotto, si chinò per prendere una bottiglia e me la passò. «Bevi».

Un ordine a cui ero felice di obbedire.

Svitai il tappo e ne trangugiai il contenuto.

Quando finii, trovai Jonas che mi guardava con un sorriso divertito.

«Cosa c'è?».

«È bello vederti obbedire, per una volta» disse, prendendo la bottiglia vuota e porgendomene un'altra.

La mia mente era affollata di risposte ironiche, ma ero troppo assetata per ribattere. Così bevvi metà del contenuto della nuova bottiglia, concentrandomi solo in seguito sulla conversazione. E tutto ciò che riuscii a dire fu: «Grazie».

«Prego». Si chinò per afferrare un'altra bottiglia. «Puoi tenerne qualcuna in mano?».

Annuii.

Me ne diede quattro, inclusa quella a metà, poi cominciò a risalire le scale.

«Ora abbiamo anche l'elettricità» mi informò. «Ma preferisco tenere le luci spente per non attirare l'attenzione. Ho anche sbarrato le porte e inchiodato delle assi di legno alle finestre del piano di sotto».

Aggrottai le sopracciglia. «Quando?».

«Nell'ultima ora».

«Ma te ne eri andato».

«Prima, sì. Ma poi sono tornato. Ero convinto che fossi qui sopra a fare un pisolino, non a nasconderti nell'armadio».

«Avevo… avevo bisogno di un posto sicuro».

«Sei al sicuro» giurò mentre raggiungevamo la cima delle scale. «Non permetterò che ti accada nulla, Riley». Erano le stesse parole che mi aveva rivolto solo qualche minuto prima. Ma ora, col mio nome, avevano un significato molto più forte.

Strusciai il viso sul suo collo. «Non merito la tua gentilezza».

Il brusio emanato dal suo petto si intensificò. «Meriti molto più della gentilezza, Riley» mormorò. Quando entrammo nel bagno, mi prese le bottiglie d'acqua dalle mani. «E ora ti mostrerò cosa vuole un vero alfa dalla sua omega».

CAPITOLO 10
RILEY

Da qualche parte nella Carolina del Nord...

Jonas mi mise in piedi sul pavimento del bagno e si tolse le scarpe.

Mi era abbastanza chiaro cosa avesse in mente.

Mio malgrado, la mia lupa stava praticamente piangendo di gratitudine per il fatto che Jonas volesse scoparci.

Mi sfilai il vestito da sopra la testa. Ero pronta.

Ma lui non si avventò su di me. Si girò verso l'armadietto del bagno e cominciò a tirare fuori saponi e altri prodotti.

«Senti com'è l'acqua» mi disse.

Mi voltai e feci come mi aveva chiesto. L'acqua fredda mi suscitò un sospiro. Il mio corpo mi implorò di immergermi nell'enorme vasca. «È un bel bagno per una casetta nel bosco» commentai distratta.

«Sì, sicuramente è stata rinnovata di recente. L'esterno non sembra un granché, ma ha degli impianti piuttosto avanzati, tutti orientati verso il risparmio energetico». Si

102

girò, e mi accorsi che aveva i pantaloni sbottonati. «Ho già messo dei sali, ma potresti volerne di più». Ne appoggiò una confezione sul bordo della vasca, insieme al resto dei prodotti da bagno.

Corrugai la fronte. *Scoperemo nella vasca?*

Stavo quasi per formulare la domanda ad alta voce, ma fui distratta dal fruscio dei jeans che gli scendevano lungo le cosce. Il mio sguardo andò dritto sul suo inguine.

E su quel nodo impressionante alla base.

Jonas mi catturò il mento e mi costrinse a guardarlo negli occhi. «Entra nella vasca, omega».

Nella fretta di obbedire, quasi inciampai all'indietro; una reazione che gli suscitò un brontolio di approvazione. Mi afferrò per i fianchi prima che cadessi.

«Piano, Riley». Mi aiutò a entrare in acqua con cautela, il suo divertimento era palpabile.

Ma non mi mise a novanta per scoparmi come mi aspettavo... e *desideravo*. Mi sistemò invece sul suo grembo.

Non girata verso di lui.

Ma dandogli le spalle.

Con la mia schiena posata sul suo petto e le sue braccia avvolte attorno al mio corpo, abbracciandomi da dietro. «Rilassati» mi sussurrò all'orecchio. «Mi prenderò cura di te».

«Dandomi il tuo nodo?» chiesi speranzosa.

Mi accarezzò i fianchi, risalendo dolcemente lungo il mio corpo. «Mostrandoti cosa vuole un vero alfa». Le sue parole erano simili a prima, ma ancora più intime.

Rabbrividii, adorando la sensazione del suo corpo sul mio, delle sue mani sulla mia pelle, del suo respiro sul mio orecchio.

«Le omega sono rare» continuò. «Sono fatte per essere protette. Adorate. *Amate*. Alcuni dicono che è per la loro capacità di procreare e per le splendide sensazioni che offrono durante il sesso. Ma si tratta di molto di più, Riley».

Mi sfiorò il collo con le labbra, là dove il mio battito pulsava veloce, trascinando i denti sulla mia pelle.

«Si tratta della connessione che si sviluppa tra le anime. Quel raro legame tra un alfa e la sua compagna». Risalì con la bocca lungo il mio collo, andando a mordicchiarmi l'orecchio. «Non ho mai cercato questo tipo di rapporto, perché non ho mai pensato di meritarlo».

Mi accigliai. «Meritarlo?». Non riuscivo a immaginare un alfa più *meritevole* di una compagna di quanto lo fosse Jonas. «Perché la pensi così?».

«Per via dei miei geni». Si strinse nelle spalle. «Il mio padre biologico ha violentato mia madre mentre era in calore. Non ha cercato di controllare i suoi istinti. E io mi sforzo di essere il suo esatto opposto. Il controllo è importante, Riley. Il controllo è segno del potere di un alfa».

«Tuo padre non era potente» dedussi.

«Al contrario, era molto potente. Solo che ha scelto di non essere un buon alfa».

«E tu hai scelto di essere un buon alfa... non prendendoti una compagna?».

«No. Ho scelto di essere un buon alfa proteggendo quelli che hanno bisogno di me. E ho scelto di stare da solo perché lo preferisco».

Capivo quel desiderio perché anch'io preferivo stare da sola. Anche se per ragioni completamente diverse.

«La sensazione di non meritare una compagna ha fatto la sua parte, soprattutto quando ero più giovane» continuò. «Ma si è evoluta in una predilezione per la solitudine, che ora apprezzo». Mi baciò la gola, mentre le sue mani, indugiando sul mio ventre, scendevano verso le mie cosce.

«Tu, però, mi spingi a volere di più. Ti ho sognata per mesi».

«È per questo che sono sempre stata scortese con te. Ma non perché percepissi il tuo desiderio». Sapevo che era interessato a me, ma non era stato quello a guidare le mie azioni. «Vedi, tu mi hai fatto desiderare qualcosa che mi ha sempre spaventata».

Le mie viscere si agitarono come a confermare le mie parole. Il calore stava ricominciando a manifestarsi.

Feci una smorfia e i miei muscoli si irrigidirono, travolti dalla fitta che mi aveva scossa nel profondo.

Sentii il petto di Jonas vibrare sulla mia schiena, confortandomi col suono prodotto solo per me. Ricominciò ad accarezzarmi la schiena e i fianchi.

Senza mai toccarmi in modo sensuale, solo intimo.

Adorandomi, proprio come aveva detto.

«È il pensiero di essere reclamata che ti spaventa? O il pensiero che essere reclamata ridefinisca chi sei e ti tolga la tua identità?» mi chiese dolcemente.

«La mia identità» ansimai. Il mio ventre fu trafitto da un altro terribile spasmo. «Mi piace essere libera».

«Oh, quello piace anche a me» disse. «Mi piace poter viaggiare. Vivere dove voglio e come voglio. È anche uno dei motivi per cui non mi sono mai unito a un branco. Credo che questo ci renda un po' simili».

«Sì». In un certo senso era così. «Ma tu, in quanto alfa, avrai sempre la possibilità di scegliere. Le omega la perdono quando trovano un compagno».

«Solo se il compagno in questione non dà valore al libero arbitrio dell'omega». Mi baciò la tempia, abbassando di nuovo la mano sulla mia pancia. «Mi piaci per come sei, Riley. Anche il tuo lato impertinente mi attrae. Non cambierei nulla di te».

«Il mio lato impertinente ti attrae?». Ero quasi sul

punto di girarmi verso di lui, ma un'altra fitta mi fece piegare in avanti.

Il suo profondo brontolio riverberò di nuovo sulla mia schiena, placando ancora una volta il dolore.

«Il tuo lato impertinente mi fa venire voglia di scoparti» disse poi. «Mi fa anche venire voglia di punirti».

Mi irrigidii, e il mio cuore mancò un battito. «Lasciandomi ad affrontare l'estro da sola?» ipotizzai.

«No. Quella non è una punizione, Riley. Quella è crudeltà». Il suo palmo scivolò più in basso, la punta delle sue dita sfiorò la corta peluria ramata tra le mie cosce.

Mi mossi istintivamente. Volevo che la sua mano si spostasse ancora più in basso, che si appropriasse dello spazio che bramava il suo nodo.

Ma lui mantenne il suo tocco leggero, sfiorando appena la parte superiore del mio inguine, prima di scivolare di lato e scendere lungo la coscia.

«La gratificazione ritardata può essere una punizione» mi informò. «Ma solo quando è fatta bene. E non quando un'omega soffre per il calore».

Fece scorrere le dita sul mio interno coscia, finché il suo pollice non sfiorò il mio umido calore.

Così leggero.

Così promettente.

Ma non abbastanza.

«Le sculacciate possono essere una punizione divertente» proseguì. «Anche se preferisco soluzioni più creative, come giocare con la temperatura o con le piume».

Serrai le cosce.

«La gratificazione prolungata è un'altra delle mie passioni» aggiunse. La sua voce profonda scatenò dentro di me un vulcano di sensazioni intense. «Far venire una donna per alcuni minuti, invece che per pochi secondi.

Costringerla a implorarmi di smetterla per poter respirare».

La sua mano mi lambì il sesso. Il suo dito trovò il mio clitoride con assoluta precisione, regalandogli una carezza delicata.

«Credo che quella sarebbe la punizione ideale per te, Riley. Ti farei usare al meglio la voce, spingendoti a implorarmi, invece di insultarmi. Ti mostrerei perché il mio nodo è l'unico che vuoi davvero, dimostrandoti che un cazzo di alfa qualsiasi non sarebbe sufficiente per te».

«Oh…». Stavo per venire solo ascoltandolo.

«Ti farei dire cento volte che è il mio nodo a farti impazzire, il mio nodo che hai sempre desiderato, il mio nodo che vuoi dentro di te». Applicò un po' più di pressione sul mio bocciolo sensibile. Il suo respiro sull'orecchio mi sembrava rovente.

«Il tuo nodo» sussurrai. «Solo il tuo».

«Esatto, proprio così» mormorò. «Il mio nodo è l'unico di cui hai davvero *bisogno*».

«Sì» sibilai, inarcando il bacino verso la sua mano. «L'ho desiderato per mesi. Fin dal giorno in cui ci siamo conosciuti. E ti ho odiato per questo». *Forse lo odio ancora.*

Ma… oh… quanto lo volevo.

Lo volevo davvero. Volevo *lui*.

«Perché hai paura della mia rivendicazione».

«Ho paura di essere rivendicata» gli feci eco, correggendo appena la sua affermazione. «Non voglio essere la proprietà di nessuno».

«Non saresti di mia proprietà, Riley. Saresti la mia compagna. La mia adorata compagna di vita. La donna per cui farei qualsiasi cosa e la lupa che giurerei di proteggere fino al mio ultimo respiro».

Rabbrividii. Le sue parole avevano sciolto qualcosa dentro di me, qualcosa che avevo ignorato per troppi anni.

«Non voglio un nido pieno di cuccioli, Riley. Voglio una compagna felice, che si senta amata e al sicuro, che si diverta a essere mia e che in cambio si assicuri che io sia suo».

Sì, pensai, strusciandomi sulla sua mano. *È quello che voglio anch'io. Voglio* te.

«Non tutti gli alfa reclamano un'omega per possederla» mormorò Jonas. «Alcuni alfa vogliono semplicemente una partner da adorare per tutta la vita. Proprio come adesso sto facendo con te».

Infilò due dita dentro di me e le piegò in un modo che mi regalò un immediato sollievo.

«Mi sto prendendo cura di te perché ne hai bisogno». Le sue parole si infransero sul mio orecchio.

Sussultai quando premette il palmo sul mio clitoride, penetrandomi al tempo stesso con le dita.

Di più, pensai, contorcendomi su di lui. *Ti prego, dammi di più.*

«Non ti sto possedendo» mormorò. «Non mi sto approfittando della tua situazione. Ti sto solo facendo sentire bene, nonostante una parte di me voglia ancora punirti per ogni insulto che mi hai rivolto».

Deglutii. Il mio corpo era in fiamme per lui, ma il mio cuore soffriva. Perché il suo tono e le sue parole confermavano che lo avevo ferito davvero, e non era mai stata mia intenzione.

«Ma non ti sto punendo, Riley. Sto mettendo i tuoi bisogni al primo posto. Perché è questo che fa un buon alfa».

Pronunciando le ultime tre parole, piegò di nuovo le dita. E confermò così la sua dichiarazione, spingendo il mio corpo a un orgasmo accecante che riempì la mia visuale di luci bianche e brillanti.

Il suo nome lasciò le mie labbra in un gemito. Gli

afferrai il polso e costrinsi la sua mano a restare tra le mie cosce.

Non che avesse provato a spostarla.

Aveva continuato ad accarezzarmi, prolungando il mio piacere mentre il brontolio emesso dal suo petto mi tranquillizzava con il suo ritmo confortante.

«Mmm… potrei abituarmi a questi suoni» mormorò. «E il modo in cui ti stringi intorno a me mi fa venire voglia di affondare dentro di te e scoparti per giorni».

«Sì». Premetti il sesso sulla sua mano, per poi spingermi verso il suo inguine. «Voglio il tuo nodo. Solo il tuo nodo. Nessun altro nodo».

«Sei tu che parli? O il tuo calore?» mi domandò con un accenno di provocazione nel tono della voce.

«Sono io. Sono entrambe le cose. È… la mia lupa». Rabbrividii quando fletté il palmo, il mio corpo era pronto a ricominciare. «Ti voglio, Jonas. Ti ho desiderato fin dal primo giorno in cui ti ho visto. Il mio cavaliere islandese. Il mio alfa. Il mio protettore. Il mio…». *Il mio futuro.*

Oh, avevo perso la testa per lui. Per noi.

Forse era il calore. Forse era la mia lupa che aveva preso il sopravvento. Forse erano i soppressori che mi avevano distrutto la mente.

Ma non volevo più lottare contro l'attrazione che provavo. Non volevo più odiarlo, evitarlo o respingerlo.

Volevo soltanto Jonas.

«Scopami» implorai. «Ti prego».

«No». Mi mordicchiò il lobo dell'orecchio, e io mi sentii sprofondare per la facilità con cui l'aveva detto.

Voleva dimostrarmi che era in grado di controllarsi e placare i suoi istinti.

Era a causa del mio comportamento? Della mia insolenza? O per quello che mi aveva detto sul suo padre biologico?

La sua mano abbandonò il mio sesso e risalì verso il mio viso.

Una lacrima mi offuscò la vista, ed ebbi l'impressione che il mio cuore stesse andando in frantumi per la consapevolezza che diceva sul serio. Non voleva darmi il suo nodo.

Mi afferrò il mento e mi fece voltare il viso verso di lui.

Il suo sguardo di ghiaccio catturò il mio.

«Prima voglio baciarti» disse. «Poi ti darò il mio nodo». Le sue labbra erano a un respiro dalle mie. «E una volta che sarò dentro di te, ti reclamerò».

Il mio cuore si fermò. «Jonas…».

Mi sfiorò la bocca con la sua, zittendomi. «Il mio lupo ti ha scelto. Ti reclamerà, Riley. Proprio come la tua lupa reclamerà lui».

Il mio animale interiore mugolò il suo assenso.

L'aveva scelto fin dal nostro primo incontro.

Avevo lottato con tutte le mie forze contro l'istinto, maltrattando Jonas.

Ma ora non sembrava importargli.

I suoi occhi azzurri mi osservavano intensamente e mi tenevano prigioniera. Dopo qualche istante, aggiunse: «E dopo averti reclamata, passerò il resto della mia vita mostrandoti cosa significa avere un buon alfa come compagno».

Da qualche parte nella Carolina del Nord...

NON CREDEVO nelle parole vuote o nelle false promesse. Dissi a Riley la verità. Perché se l'avessi scopata durante il calore, l'avrei anche reclamata.

Non aveva nulla a che vedere con il controllo e tutto a che vedere con il bisogno prepotente del mio lupo di fare nostra quella donna.

Avrei potuto soffocare l'istinto e non darle il mio nodo. Avrei potuto allontanarmi in quel preciso istante.

Ma nel momento in cui avessi ceduto ai bisogni di Riley, mi sarei anche abbandonato al mio lupo. Certo, avrei potuto controllarlo, dirgli di fermarsi. Avrei addirittura potuto costringerlo a non reclamarla.

Solo che non volevo.

Se lei desiderava il mio nodo, avrebbe avuto anche tutto il resto. Avrebbe avuto tutto di me.

Perché mi rifiutavo di fare le cose a metà con lei.

Non dopo tutto quello che aveva ammesso. Non dopo

il nostro ultimo anno insieme. Non dopo averla sentita sgretolarsi sotto il mio tocco.

Non avrei più aspettato in disparte, piegando il capo quando richiesto.

Su questo, e solo su questo, avrei preteso la sua sottomissione.

Ma se mi avesse rifiutato, se in quel momento mi avesse detto di no, avrei rispettato il suo volere. Finito il bagno, l'avrei sistemata in qualche punto comodo e confortevole della casa e l'avrei sorvegliata al meglio delle mie capacità.

Senza, però, darle il mio nodo.

Perché a quel punto non se lo sarebbe meritato.

Avrei fatto quasi di tutto per quella donna, ma anch'io avevo un limite. Sarebbe stato troppo doloroso darle solo una parte di me.

Forse ciò mi rendeva un egoista.

O uno stronzo.

O il contrario di un buon alfa.

Ma la mia mi sembrava una pretesa legittima. Mi sembrava giusto farle vedere quanto potessimo stare bene insieme.

La sua lupa mi voleva già.

Ora toccava alla donna accettarmi.

Riley trasalì, così le lasciai andare di scatto il mento. Lei fece per allontanarsi da me, e io mi sentii sprofondare.

Probabilmente avevo esagerato. Considerando la sua ansia nei confronti delle rivendicazioni e il terrore che un alfa le togliesse la sua identità, non potevo certo biasimarla.

Tuttavia, le avevo dimostrato per mesi che tipo di persona ero. Se pensava ancora che l'avrei dominata, costringendola a riprodursi, allora non c'era molto altro che potessi dire per farle cambiare idea.

«Sei cresciuta vicino al settore Alberta, giusto?» le domandai, spostando il suo sedere dal mio inguine.

«Ero parte di un clan che si trovava nell'area di Vancouver, ma avevano forti legami con l'Alberta, sì». Afferrò i bordi della vasca e si alzò, regalandomi una splendida visuale del suo culetto sodo.

Il mio lupo ringhiò internamente, impaziente di marchiarla proprio lì.

Non con le mani, ma con i *denti*.

Si girò lentamente, lasciandomi tutto il tempo di osservare il suo sesso. Non mi preoccupai di nascondere il mio interesse. Il mio sguardo era fisso su quel dolce paradiso che forse non avrei mai sperimentato. Non uscì dalla vasca, così alzai pian piano lo sguardo sul suo addome piatto, sul suo seno meraviglioso e sempre più su, fino al suo mento delicato, le sue labbra sensuali e i suoi affascinanti occhi azzurri.

«Sai come trattano le omega gli alfa del settore Alberta?» mi domandò.

«Sì». Non ero mai stato lì, né desideravo farlo. Gli alfa tendevano a formare dei piccoli branchi attorno alle loro compagne omega, e questo significava che ogni omega era reclamata da diversi alfa. Dato che agli alfa piaceva scopare, era abbastanza evidente come trattassero le omega in quel settore.

Certo, non tutti gli alfa erano cattivi.

Ma il fatto che la condivisione fosse così diffusa in quel settore suggeriva che non allacciassero legami profondi.

Perché la maggior parte degli alfa X-Clan rifiutava di condividere.

Eravamo troppo possessivi, anche solo per prendere in considerazione l'idea di farlo.

«Allora forse capirai la mia preoccupazione sull'essere reclamata, visto che ero stata promessa a una delle loro triadi di alfa» mormorò.

Le mie sopracciglia si sollevarono. «Promessa?».

Si sedette di nuovo, ma mettendosi a cavalcioni su di me, cogliendomi di sorpresa. Posò le mani sulle mie spalle e proseguì: «Aveva organizzato tutto mio padre. È per questo che me ne sono andata». Aggrottò la fronte. «Beh, sarebbe più accurato dire che sono scappata. Non era esattamente d'accordo con la mia decisione di vivere in mezzo agli umani e iscrivermi all'università».

«Perché era un alfa che voleva controllarti e sottrarti la tua identità» indovinai.

«Sì». Si avvicinò, e il suo sesso fu solo a qualche centimetro dal mio. «Ma tu non sei come quegli alfa».

«È vero, non lo sono» concordai.

«Non mi hai mai detto cosa fare. Almeno... non senza una buona ragione».

«A volte obbedire è necessario» le dissi.

«Ma per essere chiari, probabilmente non lo farò spesso» mi informò. Aveva la voce affannata, nonostante stesse cercando di ragionare e stabilire delle regole.

«Oh, lo spero». Avvolsi il palmo attorno alla sua nuca per tirarla ancora più vicino. «Prima ero serio, quando parlavo di punizioni. Voglio farti tutte quelle cose».

«Permettendomi comunque di essere me stessa?» domandò con la bocca sulla mia.

«Non ho mai voluto che cambiassi, Riley». Trascinai il pollice lungo il suo collo in un'invitante carezza. «E non lo voglio nemmeno adesso».

Lei annuì lentamente. La sua lingua guizzò fuori per un istante per inumidire il labbro inferiore.

«Beh, c'è una cosa che devi cambiare» dissi, riflettendoci meglio.

Riley si irrigidì. «Cosa?».

«I soppressori. Voglio che tu smetta di prenderli. Voglio che tu sia in grado di essere te stessa. Voglio che la tua lupa sia libera».

«Ma...».

«Questo è un punto su cui non ho intenzione di cedere. Non puoi soffocare il tuo lato animale. Non è sano. Cazzo, oggi avrebbe potuto farci ammazzare».

Arretrò appena. «Nessuno permetterà a un'omega di fare il medico».

Scossi il capo. «Ci sono moltissimi alfa che non batterebbero ciglio per la professione che hai scelto». Inarcai un sopracciglio. «Alfa come Kieran, giusto?». Era un lupo V-Clan con abilità magiche di guarigione. Sicuramente aveva capito che Riley prendeva i soppressori. Non ci avevo mai pensato, non fino a quel momento.

E il rossore che le si diffuse sulle guance confermò che ero sulla strada giusta.

Arretrai ulteriormente da lei. «Ti ha dato il suo nodo?». Quello sarebbe stato un problema. «Hai approfittato del suo aiuto durante l'estro?».

Aggrottò la fronte. «Ti ho detto che non ho mai ricevuto il nodo di nessuno. E sono più di dieci anni che non vado in calore».

Giusto. Sì, l'aveva detto. Ma l'idea che potesse essere stata con Kieran aveva mandato il mio cervello in corto circuito. «Vorresti farlo con lui?».

Si accigliò ancora di più. «No. Certo che no».

«Sicura?».

«Stavo per dirti di reclamarmi, idiota. Sì, cazzo, sono sicura». Le sue narici fremettero. «Ma ora non so più cosa fare, perché chiaramente tu...».

Premetti le labbra sulle sue, soffocando qualsiasi cosa stesse per dire.

Perché aveva appena pronunciato le parole che volevo sentire. *Stavo per dirti di reclamarmi.* L'insulto non importava.

Nient'altro importava.

Perché Riley aveva appena detto che mi voleva.

Era tutto ciò che avevo bisogno di sapere.

Borbottò qualcosa sulle mie labbra, un borbottio che presto diventò un gemito, non appena le infilai la lingua in bocca.

Mi gettò le braccia attorno al collo, i suoi seni premevano sul mio petto.

E poi mi diede tutto ciò che desideravo.

Mi esplorò con la lingua, imparando quello che mi piaceva e imitando i miei movimenti. Era audace. Avventurosa. *Perfetta*.

Le strinsi dolcemente la nuca per dimostrarle il mio apprezzamento.

Poi appoggiai l'altra mano sul suo sedere, esortandola ad avvicinarsi ancora di più a me.

Lei non esitò. Il suo sesso umido accarezzò il mio in un caldo benvenuto.

Gemetti e la baciai con più passione. Avrei voluto divorarla e reclamarla solo con la bocca.

Per quanti mesi avevo sognato un momento del genere? Per quanti mesi mi ero toccato al pensiero che quella splendida donna mi accettasse nel suo letto anche solo per una notte?

Ma ora non avrei avuto solo una notte con lei.

L'avrei avuta per tutta la vita.

A partire da quell'estro, verso un'eternità in cui l'avrei chiamata *mia*.

Si strusciò su di me, bramosa di andare oltre i semplici baci.

Ma avevo trascorso troppo tempo a fantasticare sulla sua bocca per abbandonarla così presto. Le mordicchiai il labbro inferiore, rimproverandola teneramente per avermi messo fretta.

Ogni sferzata della mia lingua era come una lettera che scandiva la frase: *Sei mia*. Ancora e ancora.

Riley si sciolse su di me, sottomettendosi completamente al mio lupo e godendo del brontolio sempre più intenso che mi rimbombava nel petto.

Era per lei. *Tutto* era per lei.

Proprio come la sua eccitazione era per me. Per il mio nodo. Per il mio cazzo. *Mia.*

La presi tra le braccia e la sollevai. Ero stanco dell'acqua, volevo un luogo più appropriato per la nostra unione.

Lei si avvinghiò a me, avvolgendomi le gambe attorno alla vita.

Avevo trovato degli asciugamani durante l'esplorazione della casa.

Invece di usarli per asciugarci, li afferrai lungo il tragitto verso il letto e li lanciai sulle lenzuola, per assorbire il disastro che stavamo per fare.

Riley probabilmente li avrebbe voluti per il suo nido.

Ammesso che riuscisse a cadere in un estro abbastanza profondo da suscitare quell'istinto.

La adagiai delicatamente sul letto, con le labbra ancora sulle sue.

Lei trascinò le unghie sulla mia schiena. La sua lupa era uscita a giocare.

«Mi stai già reclamando» commentai, sistemandoci entrambi in una posizione confortevole.

Riley ringhiò.

O meglio, fu il suo animale a farlo.

Così permisi al mio di rispondere a tono.

Riley reagì inarcandosi verso di me. «Scopami».

«Non ancora» dissi, spostando le labbra sul suo orecchio e mordicchiandole il lobo. «Prima voglio assaggiarti».

«*Jonas*».

«Pazienza, omega. Il mio compito è quello di adorarti. Ed è proprio ciò che farò».

Fui soffocato dal dolce profumo della sua eccitazione; alla mia futura compagna piaceva il mio piano. Anche i suoi capezzoli dimostravano quanto lo gradisse, quei piccoli picchi rosati stavano praticamente invocando la mia lingua. Le tracciai un sentiero di baci lungo il collo, scendendo fino ai suoi splendidi seni.

Avevano delle dimensioni perfette, come se fossero stati fatti apposta per le mie mani.

Ne baciai uno e leccai l'altro, facendola gemere e contorcere sotto di me.

Il calore non l'aveva ancora sopraffatta.

Ma c'era vicino.

Riuscivo quasi a sentirne il sapore sulla lingua.

Aveva le pupille dilatate e ansimava.

Presto, mormorò il mio lupo. *Presto sarà mia.*

Tecnicamente non avevo bisogno di aspettare, ma volevo farlo. C'era qualcosa di meraviglioso nel reclamare un'omega nel suo stato di massima eccitazione. E forse mi piaceva soprattutto perché sapevo che non le avrebbe fatto male.

In qualsiasi altro momento, avrebbe sentito i miei denti affondare nella sua pelle delicata.

E il solo pensiero di farla soffrire, anche se per poco, mi metteva a disagio.

Non avevo mai voluto fare del male a Riley. Né avrei mai permesso a qualcun altro di farle del male.

Questo mi spinse a continuare il mio percorso verso il basso, perché dovevo assicurarmi che fosse pronta.

Le omega erano fatte per accogliere il nodo del loro alfa. Ma questo non significava che non sarebbe stato doloroso. Dal momento che Riley non aveva mai ricevuto un nodo, dovevo assicurarmi che avrebbe goduto del mio.

«Oh, sei così bagnata» sussurrai quando raggiunsi la soffice peluria ramata tra le sue cosce. «E hai un profumo fantastico».

Volevo annegare nella sua eccitazione.

Ricoprirmi dalla testa ai piedi di lei e crogiolarmi nel profumo del suo bisogno. Assicurarmi che chiunque al mondo sapesse che mi aveva reclamato come suo.

«Ricordi cosa ti ho detto a proposito delle punizioni?» le chiesi, sistemandomi tra le sue gambe spalancate.

Sollevò appena la testa per guardarmi. «Hai detto niente punizioni».

«No, ho detto che volevo farti provare tutte quelle che avevo da offrire» la corressi. «E se cominciassimo con il vedere per quanto a lungo riesco a farti venire?».

CAPITOLO 12

RILEY

Da qualche parte nella Carolina del Nord…

Il mio corpo era in fiamme.

E le parole di Jonas… il suo tocco… la sua *bocca*… «*Oh…*».

«Sì, così…» mormorò con le labbra sul mio clitoride. «Sei pronta, Riley?».

Non avevo idea di cosa volesse farmi, ma non intendevo dire di no. «Sì».

«Brava» mi lodò. Il suo respiro accarezzò la parte più sensibile di me, facendomi correre un brivido lungo la schiena. «Tieniti stretta alla testiera del letto. Non sono ancora pronto per farmi artigliare dalla tua lupa».

Volevo rispondere con qualcosa di spiritoso, con un commento sarcastico, ma nel mio cervello non c'era spazio per le parole. Non esistevano più. L'unica cosa a cui riuscivo a pensare era il suo nome. Solo il suo nome, continuamente il suo nome.

Mi stava distruggendo nel miglior modo possibile.

E non aveva ancora cominciato.

«Sbrigati» sussurrai. «Voglio ricordarmi tutto».

Perché non appena il calore mi avesse sopraffatta, avrei dimenticato ogni cosa. Mi sarei completamente abbandonata all'estro. A *lui*.

Beh, in un certo senso lo avevo già fatto. Avevo accettato di lasciarmi reclamare. Era un rischio. Un *grosso* rischio.

Ma mi sembrava la cosa giusta da fare.

E la mia lupa… la mia lupa voleva…

La mia schiena si sollevò di scatto dal materasso. Jonas aveva chiuso la bocca attorno al mio clitoride, la sua lingua mi stava facendo vedere le stelle. «Oh mio… *ah*». Non riuscivo a formulare una frase di senso compiuto. Non riuscivo neanche a ricordare cosa volessi dire. O a cosa stessi pensando.

Tutto quello che importava era la sua bocca.

Le sue mani.

La sua lingua.

Mi accorsi a malapena delle sue dita, non mi ero nemmeno resa conto di quando le avesse fatte scivolare dentro di me. Ma quando le piegò verso l'alto come aveva fatto nella vasca, ne sentii ogni centimetro.

Doveva averne infilate almeno due. Forse tre.

E le stava muovendo in modo da allargarmi.

Mi sta preparando.

Per il suo nodo.

Oh, lune.

Sì.

Sì, lo voglio.

Ero al limite del delirio. La stanza sembrava vorticare intorno a noi.

Buio. Luce. Buio.

Le fronde degli alberi nascondevano il chiarore lunare, tingendo la camera di ombre. La mia lupa ci vedeva bene lo stesso, ma tutto quello che volevo vedere era Jonas.

E i suoi occhi scintillanti.

Sempre lì a fissarmi.

In quel momento, però, c'era qualcosa di molto diverso nel suo sguardo. Era affamato. Possessivo. *Dominante.*

Succhiò il mio punto più sensibile, pretendendo tutta la mia attenzione, trascinandomi in una nuvola di estasi che mi lasciò senza fiato e ansimante allo stesso tempo.

Non riuscivo a capire se stavo venendo, volando o morendo.

Una combinazione di tutte e tre.

Troppe sensazioni.

Avevo i muscoli tesi. Le mie viscere si stavano sciogliendo, si contorcevano, vorticavano.

«*Jonas*».

Era quasi doloroso.

Non riuscivo a respirare.

Stavo… stavo annegando.

Per poi essere risucchiata nel mondo dei vivi da un altro morso. *Sul clitoride.*

«Cosa mi stai facendo?» chiesi in un rantolo. *Ho urlato?*

«Ti sto punendo» mormorò sul mio sesso. «E ne sto adorando ogni istante».

Alle sue parole seguì un altro piccolo morso che mi fece vedere le stelle.

Non… non mi ero sentita così da… Non mi ero *mai* sentita così.

Il calore stava sicuramente accentuando tutto quanto, rendendomi così sensibile che bastava una carezza per gettarmi nell'oblio.

Ancora e ancora.

Mi sta facendo venire più volte di fila, pensai, ricordando vagamente le sue sensuali minacce.

Beh, se quella era la sua idea di punizione, mi sarei comportata male ogni singolo giorno.

Mosse le dita, trascinandomi in un altro orgasmo. O forse era solo una continuazione del primo.

Che mi squarciava e mi attraversava con incredibili ondate di estasi.

Facendo contrarre il mio ventre.

Strappando ogni grammo di piacere dalle mie vene.

Per poi essere gettata di nuovo nel vortice degli spasmi e della passione, libera di riceverne ancora di più.

Un tempo, odiavo quell'esperienza.

Detestavo il modo in cui il mio corpo bramava tutte quelle sensazioni.

Ma Jonas mi stava mostrando quanto potesse essere bello.

E non mi aveva ancora dato il suo nodo.

Oh, lupi. Il solo pensiero del suo nodo mi trafisse il ventre con un crampo travolgente, dettato dal *bisogno*. Lo volevo dentro di me. Volevo che mi scopasse. Che mi prendesse. Che scivolasse dentro e fuori da me, *reclamandomi* in ogni modo possibile.

«Ti prego» sussurrai. Il mio bacino si sollevò per incontrare la sua bocca. «Jonas, *ti prego*».

Avevo bisogno del suo cazzo. Avevo… avevo bisogno di sentirlo venire. Volevo sperimentare la sensazione di unirmi intimamente a un alfa.

Non per procreare.

Non per costruire un nido.

Solo… solo per essere con lui. Per *sentire*.

I beta con cui ero stata non erano mai riusciti a soddisfarmi. Non era colpa loro. Solo biologia.

Ma Jonas avrebbe potuto condurmi a nuove vette di piacere. Anzi, l'aveva già fatto, e solo con la bocca e la lingua.

Gridai quando mi morse di nuovo il clitoride, facendomi precipitare ancora una volta in un'oscura beatitudine che mi rubò la capacità di pensare.

Il bruciore ai polmoni mi ricordò che dovevo respirare.

Ma non ci riuscivo.

L'aria di cui avevo bisogno non esisteva.

Jonas.

Il mondo era tutto nero.

Jonas.

Il mondo aveva bisogno di *luce*.

Jonas.

Mi agitai nelle profondità del mio piacere, cercando di nuotare verso l'alto, di trovare la superficie in quell'oceano di asfissiante euforia.

Jonas.

Tutto era in fiamme. Le mie vene. La mia pancia. Le mie mani. Gambe. Seno. *Sesso.*

Il calore mi stava *divorando.*

Qualcosa di grosso si sistemò sopra di me, facendomi sentire piccola e in trappola.

No.

Non in trappola.

Protetta.

Labbra sulle mie.

Una lingua.

Aria.

Jonas spinse un respiro nella mia bocca.

Sapeva di maschio e di eccitazione.

Il mio alfa.

Gli affondai le unghie nelle spalle. La mia lupa era animata dal bisogno di reclamarlo.

Proprio mentre lui entrava dentro di me.

Brutalmente. Fino in fondo.

Schiusi le labbra in un urlo senza suono, i miei polmoni

richiedevano più aria per soddisfare il bisogno di gemere e gridare.

Ma Jonas era lì.

Respirava per me.

Riaccendendo di vita il mio spirito, rivendicandomi con la sua lingua e il suo cazzo.

Il suo ritmo violento soddisfaceva la mia bestia interiore, sentivo il suo ringhio rieccheggiare dentro di me. Inarcai i fianchi per incontrare i suoi, con le gambe avvolte attorno alla sua vita.

«*Di più*». Le parole uscirono dalla mia bocca, ma non erano frutto dei miei pensieri. Erano della mia lupa. O forse si trattava di un bisogno a cui avevo dato voce per lei. Non capivo.

Jonas ringhiò in risposta, anche il suo animale sembrava aver preso il sopravvento.

Stava dando al suo lupo l'autorità di *rivendicare*.

E non c'era nulla che potessi fare per oppormi. Non che lo volessi. Perché la mia lupa aveva già deciso di darsi completamente a lui.

Mi incoraggiò a esporre la gola.

Ma Jonas si limitò ad avvolgermi la mano attorno al collo, trascinando di nuovo la mia bocca verso la sua.

Voleva baciarmi. Scoparmi. Possedermi dentro e fuori. Solo allora mi avrebbe morsa.

Ne sentivo l'intenzione in ogni spinta, in ogni carezza della sua lingua e nell'intensità con cui mi stringeva il collo e il fianco.

Ero sua.

Totalmente posseduta.

Ma non come avevo temuto.

Non mi stava facendo del male. Non stava *prendendo*. Stava dando. Proprio come aveva detto.

Lo sottolineò con ogni spinta, con ogni movimento del

bacino con cui mi sfiorava il clitoride, suscitando incontrollabili scariche di piacere che sembravano ulteriori orgasmi.

Jonas giocava col mio corpo con l'abilità di un alfa destinato a possedermi.

Non volevo nemmeno fermarlo.

«Reclamami» sussurrai sulla sua bocca. «Marchiami, Jonas».

«Ti sto reclamando, Riley» rispose. «Ogni parte di te».

Mi penetrò con una forza tale da farmi urlare, per poi baciarmi di nuovo, scacciando il dolore con le carezze adoranti della sua lingua.

Mi sentivo persa.

Persa nella sua ferocia, e completamente annientata dalla riverenza del suo bacio. Dal potere delle sue mani.

«Jonas». Mi avvinghiai di nuovo alle sue spalle, dopo che le mie mani avevano esplorato la sua schiena e il suo sedere muscoloso. Ma ora avevo bisogno che mi tenesse stretta. Che mi accompagnasse alla fase successiva.

Perché ero eccitata e terrorizzata al tempo stesso.

Il suo nodo stava pulsando. Lo sentivo palpitare tra le mie gambe. Pronto a esplodere. Ad affondare dentro di me.

Sapevo che sarebbe stata una sensazione incredibile.

Sapevo che mi avrebbe regalato l'orgasmo più intenso della mia vita.

Ma c'erano così tante incognite.

Potrei restare incinta. Potrei essere costretta a rimanere nel nido. Potrebbe ordinarmi cosa fare per tutto il resto della mia vita.

«Ssh». Jonas mise a tacere i miei pensieri. «Sono qui, tesoro. Sono qui per te e lo sarò sempre».

Non stava emettendo nessun brontolio, eppure le sue parole mi confortarono allo stesso modo.

Mi abbandonai alla sua voce e alla sua dichiarazione,

permettendo che mi avvolgessero in una coltre di protezione e beatitudine.

Lo guardai nei suoi splendidi occhi e lasciai che fosse lui a condurre.

Mi *sottomisi*.

L'orgoglio gli illuminò lo sguardo. Mi baciò e disse: «Sei perfetta, Riley. Così perfetta e così mia».

Il dolore esplose nel mio addome quando il suo nodo schizzò dentro di me. Un grido mi risalì la gola, un grido messo a tacere da una stretta del palmo di Jonas arrivata proprio al momento giusto.

Rabbrividii. Lo shock del suo orgasmo improvviso e la crudeltà della sua mano mi destarono dal mio torpore eccitato, facendomi venire le lacrime agli occhi.

Ma poi tutto mutò.

Il suo nodo fece qualcosa… *Si è agganciato dentro di me. Rendendoci una cosa sola.*

Oh… Mi contorsi, travolta da un'inaspettata ondata di piacere che mi proiettò ancora una volta verso il cielo.

Oblio.

Calore.

Follia.

Jonas mormorò la sua approvazione sul mio orecchio. Le sue labbra mi sfiorarono il lobo, scendendo lungo il mio collo e verso la spalla.

«Resta con me, Riley» sussurrò. «Sii mia».

«Sono tua» risposi. E sussultai quando i suoi denti si conficcarono nella mia pelle.

Reclamandomi.

Con il suo nodo che pulsa dentro di me.

Unendoci per tutta la vita.

L'euforia danzò in tutto il mio essere, la mia lupa era al settimo cielo.

Il mio cuore batteva all'impazzata.

Schiusi le labbra quando Jonas mi liberò la gola.

E tutto ciò che uscì dalla mia bocca fu un sospiro soddisfatto.

Seguito dalla parola: «*Ancora*».

Perché il piacere provocato dal suo nodo stava svanendo. Ma il mio calore… il mio calore era lì. Stava prendendo il sopravvento. Gettandomi in un mare di *bisogno*.

«*Di più*» ringhiai, strusciandomi su di lui.

Jonas ringhiò a sua volta. «*Pazienza, omega*».

La mia lupa guaì per il rimprovero dell'alfa.

«Ti darò ciò di cui hai bisogno» disse. La sua bocca era ancora sulla mia spalla. «Ma dovrai essere paziente».

Il piano non piacque affatto al mio animale interiore, che rispose affondando le unghie nelle spalle di Jonas e graffiandolo.

Jonas mi catturò i polsi e li bloccò sopra la mia testa. «Il bondage è divertente». Lo disse con una voce vellutata e *oscura*. «Forse dopo potremo dedicarci anche a quello».

Ringhiai.

Lui fece lo stesso.

Ma fu un ringhio molto più spaventoso. Sonoro. Da alfa.

«Dovremo anche lavorare sulla tua pazienza, lupacchiotta» disse, consapevole che ora era la mia lupa ad avere il controllo. «Ma voglio indietro la tua umana, solo per un minuto».

La mia lupa sbuffò.

Così Jonas emise un ringhio molto più intenso e potente di prima.

Fremetti in risposta, per poi sussultare a causa delle sensazioni che mi si agitavano nel ventre, dove il suo nodo era ancora ben fissato.

«Jonas» ansimai, tremando.

«Ecco la mia compagna» mormorò, posando un bacio sulle mie labbra. «Ti stai dissociando un po' dalla tua lupa…».

«Non… non so…».

«Non preoccuparti» disse. «Posso gestire il tuo animale. Volevo solo assicurarmi che stessi bene».

«Mi sento… mi sento stravolta».

«Lo so». Strusciò il viso sul mio, e dal suo petto rimbombò il rilassante brusio. «Mi prenderò cura di te».

Deglutii e abbassai il mento come se mi avesse costretta ad annuire. O forse era soltanto la fiducia intrinseca che provavo nei suoi confronti. Sapevo che mi avrebbe protetta.

Come aveva fatto per mesi.

«Sei la mia compagna». Le sue parole si infransero sulle mie labbra. «Questo significa che ti adorerò finché il tuo calore non sarà terminato. E poi continuerò a farlo per il resto della mia vita».

Il pensiero mi scaldò il cuore. Non ero sicura di cosa avrebbe implicato. Ma mi fidavo di lui. «Okay» sussurrai. «So che non mi farai del male».

«Tutto il contrario» promise. «Sentirai gli effetti del mio nodo per settimane».

Le mie cosce si serrarono attorno a lui, strappandogli un ringhio.

«Sì, proprio così, tesoro» mormorò, muovendo i fianchi quanto bastava per farmi gemere. «E non ho intenzione di trattenermi. Perché la tua lupa vuole *di più*».

«Sì». Mi inarcai verso di lui. «Vuole scopare».

«Allora le darò il mio lupo». Mi morse il labbro inferiore. «Perché prendo molto sul serio il compito di essere il tuo compagno».

«Lo fai sembrare uno sforzo» ansimai. La risata mi si bloccò in gola sulla sua spinta violenta.

«Sarà una sfida» rispose. «Ma mi piacciono le sfide, Riley». Mi premette le labbra sulla tempia e sussurrò: «E tra tutte sei tu la mia sfida preferita».

«Ah, sarei una sfida?».

«La *mia* sfida» chiarì. «La più difficile che abbia mai affrontato. E mi sembra appropriato che ora mi sfidi di nuovo».

Un fremito mi percorse la pelle, il mio ventre si contrasse. Tra le gambe mi colò un nuovo fiotto di eccitazione.

Il mondo scivolò sotto un drappo nero.

Rubandomi la vista.

Coprendomi le orecchie.

Immergendomi nell'oblio dei sensi.

L'estro, capii. *È arrivato*.

CAPITOLO 13

RILEY

Sbattei le palpebre. Il mondo spariva e riappariva davanti ai miei occhi.

Con Jonas dentro di me.

Con la sua bocca che mi sussurrava all'orecchio promesse roventi.

Con le sue mani sul mio seno, sui miei fianchi, sul mio viso.

Lo baciavo.

Lo mordevo.

E cadevo di nuovo in un vortice di smarrimento.

Poi il suo ringhio mi riportava indietro.

Ancora.

E ancora.

E ancora.

In un circolo continuo di sensazioni, calore e perdita di conoscenza. O meglio, ciò che perdevo era la battaglia contro la mia lupa.

Aveva bisogno dell'estro. E privarmi del divertimento

era parte della punizione per come mi ero comportata con lei.

Dissociazione. Proprio come aveva detto Jonas.

Ma qualche sprazzo mi rimaneva impresso nella mente. Come l'affetto di Jonas. Il suo profondo brontolio. I suoi baci. Le sue parole dolci.

A un certo punto, mi resi conto che mi aveva messa a quattro zampe e mi stava prendendo da dietro.

Il suo nodo pulsava.

Le sue labbra erano sul mio collo, baciavano il marchio che mi aveva lasciato.

Mi costrinse a bere acqua.

E il suo seme.

Aprii gli occhi e mi ritrovai col suo sesso in bocca, intenta a ingoiare, mentre lui ringhiava.

Aveva un sapore così buono. Semplicemente perfetto. Il mio nuovo pasto preferito.

«Oh, Riley. Adoro come mi stai guardando». Si spinse talmente in profondità che ebbi paura che volesse infilarmi il suo nodo anche in gola.

Ma non lo fece.

Si limitò a stringere la base e riversare altro seme nella mia bocca.

Ingoiai avidamente.

E poi fu di nuovo dentro di me.

Da dietro.

Da davanti.

Era tutto sfocato, l'estro mi confondeva i pensieri e mi impediva di concentrarmi.

Poco a poco, però, il mondo ricominciò ad avere un senso.

Dopo ore, giorni, forse addirittura una settimana trascorsa a essere scopata da Jonas.

Avevo qualche vago ricordo di lui che mi costringeva a

mangiare. Della mia lupa che rifiutava, e di lui che la domava con qualche ringhio al momento giusto.

Era come un lungo sogno dettato dalla febbre.

Un sogno oscuro che mi liberò lentamente dalla sua morsa mentre fissavo gli alberi fuori dalla finestra. I raggi del sole filtravano tra le fronde. L'aria mi accarezzava il viso.

Alzai lo sguardo e mi accorsi che il ventilatore a soffitto era in funzione.

E che non c'era traccia di Jonas.

Corrugai la fronte e tentai di mettermi a sedere sul materasso, ma ricaddi immediatamente all'indietro, trafitta da un dolore che mi corse lungo la spina dorsale. *Ahia*. Non scherzava sul fatto che avrei sentito gli effetti del suo nodo per settimane. Quel maledetto alfa mi aveva ammaccata dall'interno.

«Riley?». La sua voce lo precedette di qualche istante, poi anche lui fece la sua comparsa. Con un vassoio in mano.

Lo guardai.

Mi sorrise. «Sei sveglia».

Tentai di stiracchiarmi, ma mi interruppi con una smorfia. «Sì» riuscii a rispondere a stento. Avevo la voce roca e la gola mi doleva.

«Tieni». Mi passò una bottiglia d'acqua. «Bevi».

Non mi misi a discutere e obbedii. Ciò mi costrinse a fare qualche piccolo movimento, ma ogni sorso sembrava placare sempre di più il dolore che avevo dentro.

Poi Jonas mi passò un piatto di frutta. Lo osservai stranita.

«C'è un piccolo campo qui vicino con un orto e degli alberi da frutto. È da un po' che nessuno se ne occupa». Si strinse nelle spalle. «Ho sentito che il tuo calore stava giungendo al termine, così stamattina sono andato a raccogliere qualcosa per te. Ho preso anche delle pesche».

Diedi un morso a una fragola e mugolai di soddisfazione per la sua dolcezza. «Oh, che bontà» dissi.

Il sorriso di Jonas si allargò; la scena gli aveva ricordato qualcosa. Lo lessi nel suo sguardo malizioso.

Non gli chiesi nessun chiarimento, perché ero abbastanza sicura di aver detto qualcosa di simile sul suo seme.

Si sistemò accanto a me e mi aiutò a mettermi a sedere, in modo che potessi mangiare più comodamente. Ma non disse nulla. Si limitò a sfiorare i miei lividi e le mie ferite con la punta delle dita e a esaminarmi con lo sguardo. Quando raggiunse il marchio che mi aveva lasciato sulla spalla, trasalii.

Il suo sorriso si spense. Ma ancora non disse nulla. Lasciò che finissi di mangiare e gliene fui grata, perché ero veramente affamata.

Trangugiai due bottiglie d'acqua prima di cominciare a sentirmi meglio. Ma avevo ancora dolori ovunque.

Jonas prese il piatto vuoto e le bottiglie e ripose tutto sul comodino.

Un altro lungo silenzio.

Ma poi, finalmente, mi guardò e chiese: «Tutto a posto?».

Sfiorai il marchio. «Mi sento…». *Confusa? Stravolta? Dolorante?* Non riuscivo a trovare la parola più adatta a descrivere come mi sentivo.

La mia reazione sembrò innervosirlo.

«Mi hai dato il permesso, Riley. Mi hai chiesto di reclamarti».

Aggrottai la fronte. «Sì, me lo ricordo».

«E ora te ne penti?» insistette.

Spalancai gli occhi. «Pensi che me ne sia pentita?».

«Non è così?».

«No» mi affrettai a rispondere. «Sto solo… elaborando tutto quello che è successo». Ecco. Quello descriveva bene come mi sentivo.

Arricciò il naso. «Sai di dubbio».

«Il dubbio che senti non riguarda la tua rivendicazione. Sto faticando a ricordare tutto quello che è successo dopo. Fino a questo momento». Allungai le braccia verso di lui, rendendomi conto di avergli suscitato tutta quell'incertezza a causa del mio comportamento… beh, nell'ultimo anno.

I suoi occhi cercarono i miei e la loro intensità mi lasciò senza fiato. «Non mi pento di quello che ho fatto».

«Bene» risposi. «Neanch'io».

«Bene» mi fece eco lui.

Inarcai un sopracciglio.

E lui fece lo stesso.

«Adesso hai intenzione di baciarmi, o devo implorarti?» chiesi.

Jonas ridacchiò e scosse la testa. «Credo di volerti sentire implorare».

«Oh, vaffanculo».

«Non è un buon inizio, Riley» mi rimproverò. Ma nella sua voce c'era un sorriso. «Le parole che stai cercando sono: "Ti prego, scopami"».

«Forse ti dirò di non scoparmi mai più».

«Allora ringhierò finché non cambierai idea» rispose.

Lo fulminai con lo sguardo. «Questo è barare».

«È semplice *biologia*, dottoressa».

Una parte di me si indignò. Ma l'altra scoppiò a ridere.

Perché era un gioco di parole intelligente.

E Jonas non aveva torto.

Si trattava a tutti gli effetti di biologia.

Il ringhio di un alfa preparava un'omega al sesso.

Il mio alfa, però, non aveva bisogno di ringhiare per farmi bagnare. Ero già fradicia per lui.

Perché lo desideravo. Desideravo Jonas.

«Ti prego, alfa, scopami» mormorai. «Ma sii delicato. Ho male dappertutto».

La sua espressione si addolcì immediatamente. «Prima vuoi che ti baci dove ti fa male?».

«Sì, grazie».

«Comincerò da qui» disse, chinandosi per sfiorare la mia spalla con le labbra.

La mia pelle formicolò sotto il suo tocco.

Mi stava reclamando di nuovo.

Ma in modo molto più tenero.

«Bacerò ogni centimetro di te» disse, risalendo con la lingua verso il mio orecchio. «Poi ti farò un altro bagno per aiutarti con i muscoli indolenziti».

Pensai si riferisse al bagno che avevamo fatto insieme qualche giorno prima, non ricordavo quando.

Ma poi capii che intendeva un altro bagno *quel giorno*.

Perché chiaramente mi aveva lavata di recente.

Dal momento che mi ero svegliata tutta pulita, non ricoperta dei nostri fluidi corporei.

E in un letto, non in un nido.

Premetti la mano sul suo petto e mi guardai attorno, confusa.

«Cosa c'è?» chiese.

«Non… non ho fatto il nido».

«Non sei incinta» disse.

Aggrottai la fronte. «Ma sono andata in calore».

«Dopo dieci anni di soppressori» mormorò. «Presumo che questo abbia avuto un impatto. O forse è stato il destino».

Lo guardai. «Non sei arrabbiato?».

«Certo che no». Mi accarezzò la guancia. «Hai ancora

un mondo da salvare, Riley. I cuccioli possono aspettare. O possiamo scegliere di non averne affatto».

Non riuscii a trattenermi e lo fissai a bocca aperta. «Ti... ti andrebbe bene davvero non avere figli?». L'aveva già accennato, ma sentirglielo dire in quel momento, *dopo* avermi reclamata, lo rendeva molto più reale.

«Se tu non ne vuoi a me sta bene, Riley. Dicevo sul serio: non ti toglierò la possibilità di scegliere».

«Ma allora dovrai prendere qualcosa per quando vado in calore...». Esistevano dei farmaci che rendevano un alfa temporaneamente sterile durante il ciclo di un'omega. Di solito, gli alfa li prendevano quando erano avanti con l'età e non volevano altri figli. Era essenzialmente un contraccettivo maschile.

Jonas alzò le spalle. «Se questo significa che non prenderai più soppressori e che potremo goderci il tuo calore, per me non c'è problema».

Rimasi seduta a fissarlo.

Ironico, considerando quanto spesso lui avesse fatto lo stesso con me.

Ma non riuscivo a credere che quel maschio fosse vero.

E non solo vero, ma *mio*.

«Penso che potrei amarti, Jonas».

Sulle sue labbra si disegnò un ampio sorriso. «Beh, è un bene, dottoressa Campbell. Perché anch'io penso che potrei amarti».

Gli gettai le braccia al collo e lo spinsi sul materasso. «Ora mi darai il tuo nodo».

«Di nuovo, temo che tu abbia scordato la parte in cui me lo chiedi per fav...».

Lo baciai.

Ero stanca di parlare.

Almeno per il momento.

Presto avrei ricominciato a fargli passare le pene dell'inferno.

Anche perché sapevo che avrebbe portato a orgasmi punitivi.

Ma ora volevo soltanto stare con lui. Baciarlo. Fare l'amore con lui. Adorarlo come lui aveva promesso di fare con me.

Esistere.

E accettare quel nuovo cammino.

Con Jonas.

Come mio compagno.

CAPITOLO 14

JONAS

Da qualche parte nella Carolina del Nord...

Io e Riley passammo altri due giorni a letto insieme.

Forse non era stata la scelta più saggia, ma volevo che fosse rinvigorita e in salute prima del nostro viaggio. E questo significava scopate più lente, altri bagni e molto cibo.

Fortunatamente, amava la frutta.

E non disdegnava nemmeno le verdure.

Ero anche andato a caccia in forma di lupo. Riley non era stata particolarmente entusiasta del cervo che avevo portato a casa, ma l'aveva mangiato lo stesso. Aveva bisogno di proteine.

Il tenue colorito rosato sulle sue guance confermò che avevo preso la decisione giusta.

Ci eravamo svegliati entrambi con il sole, i cui raggi filtravano attraverso le tende sottili.

«Te la senti di correre oggi?» le domandai accarezzandole il collo.

Lei annuì lentamente. «Una corsa non sarebbe male».

«Per otto o nove ore?» insistetti.

Mi guardò. «Verso Fort Bragg?».

«Verso Fort Bragg» confermai.

Le sue labbra si incurvarono in un sorriso. «Okay».

«Dovremo trovare qualche altro rifugio» la avvertii. «Ci sarà da correre per alcuni giorni».

«Lo so. Hai detto che mancano almeno trecento chilometri». Sbadigliò e si stiracchiò. Il movimento fece scivolare giù il lenzuolo, mettendo in mostra il suo seno meraviglioso.

Mi sporsi verso di lei e le catturai un capezzolo tra le labbra.

Perché potevo.

E perché volevo.

Riley affondò le dita tra i miei capelli, tenendomi stretto a lei e incoraggiandomi a succhiare.

La mia omega perfetta, pensai, salendo sopra di lei e sistemandomi tra le sue cosce spalancate. *La mia compagna perfetta*. Scivolai nel suo calore, muovendomi lentamente, godendomi la sensazione di *lei*.

«Sei bellissima» mormorai con le labbra sulla sua gola. «E tutto questo è…». Mi spinsi più a fondo dentro di lei. «Stupendo, Riley. Fottutamente stupendo».

Inarcò il bacino per incontrare il mio, i suoi movimenti erano altrettanto lenti e pigri.

«Baciami, alfa».

«Come desideri, omega».

Le mordicchiai il lobo dell'orecchio, poi trascinai il naso lungo la sua guancia e mi avventai sulla sua bocca.

Una mano era ancora tra i miei capelli, ma con l'altra mi afferrò la spalla e mi conficcò le unghie nella pelle.

Così aggressiva, pensai. Adoravo i suoi piccoli artigli.

Però non aumentai il ritmo.

Continuai a scoparla con calma, scivolando quasi

completamente fuori per poi affondare di nuovo dentro di lei. Si serrò attorno a me, esigendo il mio nodo.

Ma apprezzavo la pazienza.

Volevo prolungare l'esperienza.

Farla ansimare.

Era così meravigliosamente reattiva. Il suo corpo minuto sembrava fatto apposta per accogliere le mie spinte, le mie dimensioni, il mio *cazzo*.

Non mi ero mai aspettato di trovare una compagna.

E ora non riuscivo a immaginare una vita senza di lei.

La mia Riley. La mia omega. La mia donna.

La baciai con tutti i sentimenti che provavo. Volevo che capisse la devozione e la gratitudine che sentivo nei suoi confronti in seguito alla nostra unione.

Avevo temuto che, una volta uscita dal calore, mi avrebbe respinto. Ma non era successo. Aveva accettato il nostro legame senza fare una piega. Avevo percepito un dubbio in lei, ma era solo curiosa di capire cosa fosse successo.

E da allora l'avevo ringraziata con la bocca, con le mani e con tutto il mio corpo.

Mi avvolse le gambe attorno alla vita, strusciandosi su di me. Un invito e una provocazione al tempo stesso. Voleva che la scopassi più forte, sfidandomi a non farlo.

«Piccola tentatrice» mormorai sulla sua bocca.

Sorrise. «Scopami, alfa».

«Lo sto facendo».

«Più forte».

«No». Le morsi il labbro inferiore e rallentai.

Lei ringhiò.

Strappando un ringhio anche a me, un ringhio che la fece tremare. «È un gioco che possiamo fare in due, omega». Solo che il mio ringhio non fece che renderla ancora più bagnata e vogliosa.

«Non vale» ansimò, inarcandosi verso di me. «*Jonas*».

Risalii verso il suo orecchio con una sfilza di baci. «Pazienza, *ástin mín*».

Rabbrividì. «*Ástin mín*». Sembrò assaporare le mie parole, o forse le ripeté per assicurarsi di averle capite correttamente.

«Amore mio» sussurrai, traducendo per lei e prendendola ancora più a fondo.

«Islandese?».

«Sì» confermai.

«Mi piace» ammise con un gemito. «Dimmi qualcos'altro».

«Sei stupenda» mormorai in islandese. «E tutta mia. Solo mia. Perché mi rifiuto di condividerti con altri, amore mio. Il mio lupo ha scelto la tua lupa. Il mio nodo appartiene solo e soltanto a te».

Contrasse i muscoli attorno a me, fremendo da capo a piedi. Non conosceva il significato delle mie parole, ma aveva sicuramente colto la sensualità e l'affetto che lambivano ogni affermazione.

«Ti piace quando ti parlo nella mia lingua?» chiesi, continuando a scoparla lentamente.

«Sì» sibilò, conficcandomi di nuovo le unghie nelle spalle. «La tua voce mi ricorda quel dolce brusio che fai per me».

Risposi con un ringhio di approvazione. Il suo corpo fu scosso da un tremito, strappandomi un sorriso. «Cosa preferisci tra i due?».

«Entrambi. *Tutto*». Trascinò le unghie lungo la mia schiena, mentre con l'altra mano mi strattonava i capelli. «*Ti prego*, Jonas. Scopami. Ne... ne ho *bisogno*...».

La baciai sul collo, dove il suo cuore palpitava, adorando il modo in cui i suoi battiti vibravano sotto la mia lingua. Poi tornai verso la sua bocca.

Riley reagì con un mugolio di protesta.

Che ben presto mutò in un gemito, quando le diedi ciò di cui aveva bisogno, assicurandomi che con ogni spinta sentisse ogni centimetro della mia lunghezza.

«Toccati il clitoride» le dissi. «Massaggialo e vieni sul mio cazzo».

«Sì» gemette, trascinando le unghie lungo la base della mia schiena, sul mio fianco e poi tra i nostri corpi.

Sussultò in risposta al suo stesso tocco, spingendomi ad aumentare ulteriormente il ritmo.

Le sue dolci labbra pronunciarono il mio nome, le sue cosce si strinsero intorno a me.

Era una posizione molto intima, che mi permetteva di ammirare tutte le emozioni che si rincorrevano sul suo viso.

Eccitazione rovente e dolorose aspettative.

«Toccati e vieni» le ordinai di nuovo. «Poi ti terrò lì col mio nodo».

Affondò i denti nel mio labbro inferiore con una ferocia tale da farmi sanguinare e venne.

Mi fece male nel miglior modo possibile, trascinandomi con lei nell'oblio.

La mia omega mi aveva appena *marchiato*. E non solo con le unghie, ma anche con i denti.

«*Oh*, Riley» gemetti. Abbassai il viso verso il suo collo e ancora più giù, sulla ferita a mezza luna che si stava rimarginando sulla sua spalla. Non la morsi di nuovo in quel punto, limitandomi a posarvi un bacio, abbandonandomi con lei al piacere.

Si aggrappò a me mentre la avvolgevo con la mia protezione e il mio calore, giurando di esserci sempre, di vegliare sempre su di lei, di assicurarmi che capisse cosa significava essere mia.

Nonostante il nostro rapporto non fosse iniziato nel

migliore dei modi, eravamo cresciuti insieme, trasformandolo in qualcosa di meraviglioso.

Riley esalò un piccolo gemito soddisfatto, a cui reagii emettendo il brontolio che tanto amava. Il sospiro con cui lo accolse mi confermò che era esattamente ciò che voleva. Si abbandonò al suono rilassante, continuando a contorcersi sul mio sesso.

Una coppia perfetta.

Una coppia destinata a molto di più.

Baciai di nuovo il marchio che le avevo lasciato, per poi tornare verso il suo orecchio. «Adesso ci facciamo una doccia. Poi mangiamo. Dopo aver mangiato, cominciamo a correre. E stanotte ti scoperò contro un albero».

O forse anche prima di allora.

Non ero sicuro di riuscire a trascorrere più di qualche ora senza essere dentro di lei.

Il mio lupo lo confermò quando il mio nodo cominciò a ritrarsi; se fosse stato per lui, avrei dovuto ricominciare immediatamente.

Ma mi costrinsi a uscire dall'umido paradiso di Riley.

Poi la portai nella doccia, che grazie al mio impegno funzionava alla perfezione.

Il nostro piccolo rifugio mi sarebbe mancato.

Ma dovevamo raggiungere la base. Gli altri dovevano essere molto preoccupati; avremmo già dovuto essere là da qualche giorno. Ma il calore di Riley era durato una settimana, e poi avevamo trascorso altri due giorni a letto.

Scelta di cui non mi pentivo minimamente.

Ed ero certo che valesse lo stesso anche per lei.

Mi rivolse un piccolo sorriso assonnato mentre le lavavo i capelli. «Sto iniziando ad apprezzare tutta questa faccenda del legame».

«Ah sì?». Trascinai le dita coperte di balsamo tra le sue ciocche umide.

«Sì» mormorò, spalmandomi il sapone sull'addome.

Quando mi resi conto che non aveva nessuna intenzione di spostare le mani da lì, dissi: «Non ci sono solo gli addominali, *ástin mín*».

«Lo so». E scivolò più in basso, verso il mio sesso ancora semieretto. Lo accarezzò, per poi mettersi a massaggiare il mio nodo.

«Se continui dovrò scoparti nella doccia».

«Lo dici come se fosse una minaccia» mormorò, strizzando la base.

«Forse scoperò il tuo culetto disobbediente».

«Forse mi piacerà» ribatté, inarcando un sopracciglio ramato in un chiaro segno di sfida.

La spinsi verso la parete, con le mani affondate tra i suoi capelli, e premetti la mia erezione sul suo ventre. Era molto più piccola di me, e questo sembrava eccitarmi ancora di più.

«Tra poco dobbiamo andare» le dissi. «Se prendessi il tuo bel culetto, non sarai in grado di sederti, figuriamoci di correre». Abbassai il viso e le sussurrai all'orecchio: «Ma se farai la brava, ti prenderò appena arrivati alla base e farò sì che tutti sentano le tue grida».

Rabbrividì. «Oh, sì».

Le morsi il lobo dell'orecchio. «Dimostrami che fai sul serio e insaponami».

Le sue mani risalirono lungo il mio torso, ma non indugiò di nuovo sugli addominali, dedicandosi invece ai miei fianchi e alla mia schiena. «Che brava lupacchiotta» mormorai in islandese. «Continua così e ti darò tutto ciò che vuoi».

Rispose con un sospiro. Non aveva idea di cosa le avessi detto, ma chiaramente ne apprezzava il tono.

Le baciai il collo e ricominciai a lavarle i capelli.

Poi le presi di mano il sapone e accarezzai con cura ogni centimetro di lei.

Mi inginocchiai per insaponarle le gambe, e lei ne approfittò per lavarmi i capelli. Poi sciacquai entrambi con l'unico soffione presente.

Quando finimmo, ero già più che pronto a scoparla di nuovo.

Ma non lo feci.

Mi concentrai invece sul nutrirla.

Non ci preoccupammo di vestirci. Mangiammo nudi in cucina e bevemmo acqua a sufficienza per affrontare diverse ore di corsa in quel caldo insopportabile.

Una volta finito, Riley annuì. «Sono pronta».

«Bene». Le baciai la tempia e la condussi fuori. «Andiamo».

CAPITOLO 15
JONAS

Da qualche parte nella Carolina del Nord,
quattro giorni più tardi…

«Tutto questo mi mancherà» dissi, perso negli occhi di Riley. Le fronde degli alberi danzavano sopra di noi. Le foglie filtravano la luce del mattino, ma il sole riusciva comunque a illuminare gli splendidi lineamenti della mia compagna, donandole un bagliore angelico.

Aveva le labbra socchiuse e le guance arrossate dal sesso. Il suo corpo fremeva ancora per le ultime tracce dell'orgasmo.

Dopo aver dormito accanto a me in forma di lupo, mi aveva scopato come aveva fatto ogni mattina, negli ultimi giorni.

Non appena il sole cominciava a sorgere, ci trasformavamo, scopavamo e andavamo in cerca di cibo, per poi proseguire col nostro viaggio.

Quel giorno avremmo percorso l'ultima parte del tragitto.

Avevamo mantenuto un buon ritmo, coprendo decine

di chilometri durante il giorno, prima di trovare dei posti sicuri per riposare.

Nonostante avessimo trovato alcune case sul nostro cammino, avevamo preferito restare all'aperto, immersi nella natura, dando libero sfogo ai nostri lupi.

Anche perché quando eravamo in forma umana non facevamo altro che scopare.

Non che mi dispiacesse.

E dicevo sul serio: mi sarebbe mancato svegliarmi così ogni mattina. Alla base non avremmo potuto mantenere le stesse abitudini. Almeno, non in un simile scenario, protetti dagli alberi e cullati dai suoni tranquilli della foresta.

Un ambiente rilassante.

Quasi utopico.

Ma intorno a noi c'erano soltanto disperazione e caos.

La realtà, pensai. *Una realtà a cui dobbiamo tornare.*

Perché Riley aveva ancora un lavoro da svolgere, e anch'io.

Lei viveva attraverso il suo lavoro e ora io vivevo attraverso di lei. Se avesse voluto dedicare il secolo successivo alla ricerca di una cura, sarei stato al suo fianco e l'avrei aiutata in qualunque modo.

Scopandola ogni mattina, pensai, mentre si chinava per sfiorarmi le labbra con un bacio.

Sorrise sulla mia bocca, con i seni premuti sul mio petto. «Anche a me mancherà tutto questo. Ma possiamo andare a correre e rivivere questi momenti ogni volta che vuoi».

«Davvero?». La baciai teneramente. «È una promessa?».

«Se fai il bravo alfa» rispose.

«E cosa succederà quando mi comporterò male?».

«Uhm…». Si mosse sensualmente su di me. «Non ti scoperò».

«Ah sì?». Le afferrai i fianchi e invertii la nostra posizione, mettendomi sopra di lei. «Forse allora mi limiterò a ringhiare e a prenderti così» suggerii. Ce l'avevo ancora duro nonostante fossi appena venuto dentro di lei. Quella donna mi rendeva insaziabile.

«Solo se mi prometti che prima me la lecchi» ribatté.

Inarcai un sopracciglio. «Se mi sto comportando male, potrei non avere voglia di darti piacere».

«E allora mi comporterò male anch'io per farmi punire» concluse. La sua risposta mi colpì dritto al cuore, strappandomi una profonda risata.

La baciai di nuovo, adorando la sensazione del suo corpo stretto al mio. «Vuoi sapere un segreto, Riley?» le domandai a bassa voce.

«Sì» sussurrò.

Premetti le labbra sul suo orecchio. «Avrò sempre voglia di darti piacere. *Soprattutto* quando starò facendo il cattivo». Le mordicchiai il lobo e scesi verso la sua spalla, lasciandomi dietro una scia di baci. «Perché sei mia. E vorrò sempre farti godere, *ástin mín*».

Affondò le dita tra i miei capelli e mi strattonò di nuovo verso la sua bocca. «Ora posso dirtelo io un segreto?».

«Sempre» mormorai sulle sue labbra.

«Non credo che tu sappia come fare a comportarti male. A essere un alfa cattivo» sussurrò. «Sei molto meglio di tutti quelli che ho conosciuto. E sono felice che tu sia mio».

«Oh, allora sei capace di essere carina con me» la provocai. «Ti serviva solo una bella scopata».

Ridacchiò. Un suono che volevo ascoltare in eterno. «Il tuo nodo è certamente un vantaggio».

«Davvero?» chiesi, pronto a scoparla di nuovo. «Vuoi usufruire ancora di quel *van…*».

Avvertendo un sottile cambiamento nell'energia che ci circondava, mi si rizzarono i peli sulla nuca.

Riley si irrigidì e mi fissò. Forse non aveva percepito quella strana alterazione, ma aveva capito che c'era qualcosa che non andava.

«Trasformati» dissi allontanandomi da lei. «Adesso».

Obbedì senza fare storie, e in un attimo fu a quattro zampe. Dilatai le narici, cogliendo l'odore di alfa in avvicinamento.

Ce n'erano almeno due.

Forse tre.

E l'aggressività che irradiavano confermava che non erano lì per una chiacchierata amichevole.

«Siamo a una cinquantina di chilometri dalla base» dissi sottovoce. «Ti mostrerò in che direzione andare. Poi voglio che inizi a correre più veloce che puoi, senza guardarti indietro».

Mi rispose con un piccolo lamento protettivo, che mi fece sbocciare un ringhio nel petto.

«Non c'è niente di cui discutere, Riley. *Te ne andrai*». Pronunciai le ultime parole con tutta l'autorità di cui ero capace. Il mio lupo rifiutava di considerare qualsiasi alternativa. Riley avrebbe obbedito. Sarebbe sopravvissuta. E io avrei combattuto contro quegli stronzi fino alla fine.

La loro aggressività era mescolata alla lussuria. Erano a caccia dell'omega che avevano fiutato da chilometri di distanza.

Il fatto che avesse un compagno sarebbe stato del tutto irrilevante.

Avrebbero cercato di togliermi di mezzo.

Perché il loro odore rivelava un dettaglio molto importante: erano selvaggi. *Feroci*. Probabilmente si erano inselvatichiti.

Non sarebbero stati gentili e non avrebbero dato

ascolto alla ragione.

Era tutta una questione di dominio.

Un gioco a cui non avrei potuto partecipare con Riley al mio fianco. Mi avrebbe distratto.

Chinò il capo, accettando di obbedire. Ma non prima di avermi rivolto un altro guaito. Un lamento intriso di paura; la sua lupa doveva aver colto l'odore degli alfa in avvicinamento.

Le accarezzai il capo. «Sei mia, Riley Campbell. E sto per dimostrarti cosa significa. Andiamo».

I suoi occhi scuri incontrarono i miei, e vi lessi un lampo di comprensione.

Poi mi allontanai da lei con un balzo, atterrando a quattro zampe. Il mio lupo aveva preso immediatamente il controllo. Cominciammo a correre.

Riley era abbastanza veloce da permettermi di tenere un ritmo sostenuto.

Ma non sarebbe stato sufficiente a seminare gli alfa. Ci stavano inseguendo come fossimo delle prede, e avrebbero considerato Riley una debolezza intrinseca.

La *mia* debolezza.

Sarei morto per lei. E loro lo sapevano. Per questo avevo bisogno che Riley corresse il più velocemente possibile, cercando di allontanarsi abbastanza prima che iniziassero i combattimenti.

Se l'avessero anche solo sfiorata, avrei perso il controllo.

E dovevo essere completamente lucido per sconfiggerli.

Perché quegli alfa avrebbero lottato con le zanne, non con la mente. L'avrei sfruttato a mio vantaggio.

Sempre che prima riuscissi a portare Riley al sicuro.

Altrimenti, sarei stato troppo concentrato a proteggere lei per proteggere me stesso.

Quando raggiungemmo la strada principale che

avevamo percorso il giorno prima, rallentai e guardai Riley. Le avevo già detto che portava a Fort Bragg. Ora indicai col muso in che direzione doveva procedere.

Ma lei rallentò a sua volta.

Ringhiai e feci di nuovo un cenno nella direzione giusta. *Vai.*

Sbatté le palpebre, poi trasalì a causa degli ululati che riecheggiavano nella foresta.

Adesso, Riley, le dissi con un altro ringhio.

Lei strusciò il muso sul mio.

Ebbi il timore che stesse cercando di dirmi che non sarebbe andata da nessuna parte. Ma, proprio quando ero sul punto di ringhiare di nuovo, scattò in avanti.

E corse via.

La sua pelliccia rossastra brillò sotto i raggi del sole. La sua forma slanciata era veloce, aggraziata e così fottutamente bella che vederla allontanarsi mi fece male al cuore.

Ma l'aggressività che permeava l'aria catturò tutta la mia attenzione.

Quegli stronzi avevano sfidato l'alfa sbagliato.

Mi posizionai in mezzo alla strada. Volevo uno spazio aperto.

Il mio naso mi disse che almeno una delle bestie in arrivo era un alfa X-Clan. Ma l'altro aveva un odore diverso. Non era un V-Clan; quelli erano rari e poco inclini a diventare schiavi dei loro impulsi. Forse un alfa Viking?

In ogni caso, entrambi appartenevano al settore Exiled.

Sentivo il fetore delle loro tendenze malvagie. Erano distrutti in modo irreparabile.

Forse erano stati infettati dal virus, ma ne dubitavo. Alcuni lupi erano semplicemente predisposti a impazzire. Forse uno di loro aveva perso la compagna. O forse avevano passato troppi mesi o anni in forma di lupo.

C'erano svariate possibilità.

Ma non avevo tempo di rimuginarci sopra. Stavano arrivando. E se mi avessero battuto, avrebbero dato la caccia a Riley.

L'energia statica mi sfrigolò sulla pelliccia. *Fatevi sotto*, pensai. Il mio lupo emise un feroce ringhio di avvertimento.

La prima bestia attraversò con un balzo la linea degli alberi. Aveva le fauci spalancate in un ringhio, e mi atterrò davanti guardandomi dritto negli occhi.

Ecco l'alfa X-Clan. Dov'è il tuo amichetto?, mi domandai annusando l'aria. *Non è lontano. Ma non è qui.*

Cos'avete in mente voi due?

Il grosso lupo nero non mi diede alcuna risposta. Si limitò ad avventarsi su di me con un ringhio feroce.

Lo schivai senza reagire. Volevo testare le sue abilità. Tentò di scagliarsi ancora su di me, dimostrando la sua mancanza di finezza.

Ma era molto grosso.

E a dir poco muscoloso.

Si lanciò ancora una volta nella mia direzione, il suo ringhio vibrò nell'aria.

Lo schivai di nuovo, poi mi accucciai e allungai la zampa in tempo per colpirlo alla gola.

Non era stato difficile; i suoi movimenti erano molto prevedibili.

Solo che era un lupo selvatico, quindi una lacerazione alla gola, per quanto lo stesse facendo soffocare nel suo stesso sangue, non era sufficiente per farlo desistere dal suo intento.

Lo rallentò e basta. Sputacchiò un po' di sangue, mentre la sua genetica da mutaforma lo guariva il più rapidamente possibile.

Continuò a lottare facendo affidamento sul suo peso e

sulla sua stazza, com'era evidente dai balzi con cui tentava di assalirmi.

Lo ferii altre due volte con gli artigli, poi gli saltai sulla schiena.

Gli catturai il collo tra le fauci e lo strattonai di lato, facendolo sanguinare ancora di più.

I suoi ringhi si trasformarono in rantoli e gorgoglii. Ma ancora non lo liberai dalla morsa delle mie zanne.

E finalmente crollò a terra, immerso nel suo stesso sangue.

Fu solo quando esalò l'ultimo respiro che mi resi conto che il suo amico non si era ancora fatto vedere.

E il suo odore non era più così persistente. Almeno non abbastanza da suggerire che si stesse avvicinando.

Girai su me stesso con il naso all'aria, alla ricerca di qualche traccia della sua aggressività.

Sottrarsi a un combattimento non era un comportamento tipico di quel genere di alfa.

A meno che non avesse trovato qualcosa di più interessante da inseguire.

Qualcosa come un'omega.

Mi lanciai nella direzione in cui si era allontanata Riley, dando la caccia non solo al suo dolce profumo, ma anche al fetore dell'alfa che correva nella sua scia.

Aveva usato il suo amico come distrazione. Questo significava che non si affidava soltanto all'istinto, ma anche alla mente.

Forse non è realmente un alfa che ha ceduto al suo lato più selvaggio.

Forse ha usato l'altro lupo come esca.

Quindi la vera sfida era catturare Riley.

Cazzo.

CAPITOLO 16
RILEY

Da qualche parte nella Carolina del Nord…

L'ODORE intriso di aggressività non svanì. Anzi, si intensificò.

Corsi più veloce, sperando che fosse solo a causa del vento. O che quell'aroma acre mi fosse rimasto nel naso. Ma la mia lupa conosceva la verità.

Uno di loro mi sta inseguendo.

E non riuscivo più a sentire il profumo di Jonas.

Che sia ferito? Che siano riusciti a batterlo?

Sembrava un'impresa impossibile, soprattutto così in fretta.

Forse uno degli alfa ha deciso di dare la caccia a me, invece di lottare contro il mio compagno.

Forse non era così pazzo come suggeriva il suo odore. La maggior parte dei lupi selvatici si affidava al proprio istinto animale, che in genere significava eliminare i concorrenti prima di accoppiarsi con una potenziale compagna.

155

Ma il comportamento di quell'alfa sembrava dettato dal ragionamento.

Jonas lo sa?

Probabilmente se ne sarebbe reso conto molto presto. Chissà se sarebbe riuscito ad aiutarmi.

Digrignai i denti. *Pensa, Riley.*

Non ero un'omega normale. Ma la mia lupa si sarebbe sottomessa, se l'avessero costretta a farlo.

Anche se forse il legame con Jonas mi avrebbe resa meno sensibile a certi trucchetti degli alfa, come i loro ringhi.

Ma se mi avessero catturata, avrei finto di supplicare.

E avrei sfruttato a mio vantaggio la loro convinzione di aver vinto.

Gli alfa non si aspettavano che le omega reagissero e fossero in grado di combattere. Un preconcetto errato che si sarebbe rivelato utile. Ammesso che la bestia non fosse irrazionale quanto sembrava.

Come suggeriva la sua strategia.

Non posso mantenere questo ritmo, pensai. Le zampe avevano già iniziato a farmi male. Un'andatura di otto chilometri all'ora era la norma, ma avrei potuto raggiungere anche i cinquanta.

Tuttavia, non potevo continuare a correre così velocemente ancora a lungo. E l'alfa stava per raggiungermi; la sua stazza e la sua forza erano di gran lunga superiori alle mie.

Cazzo. Cazzo. Cazzo.

Pensa, Riley, ripetei a me stessa. *Ci dev'essere qualcosa che posso fare per distrarlo abbastanza a lungo da permettere a Jonas di...*

Un uomo apparve improvvisamente sul mio percorso, qualche metro più avanti. *Un terzo alfa.*

E aveva un coltello.

Ma nessun odore.

Capelli scuri. Carnagione pallida. Un sorriso malvagio.

Come ha…?

Ma non c'era tempo per pensare, non con l'altro alfa che ringhiava alle mie spalle.

Devo supplicare, pensai. *Supplicare e usare a mio vantaggio la mia presunta debolezza.*

Abbassai la testa, fingendo di sottomettermi, e rallentai il passo.

Jonas sta arrivando. Jonas sta arrivando. Jonas sta arrivando.

Continuai a ripetermelo tra me e me. La mia lupa ne era certa.

«*Trasformati*» ordinò l'alfa che mi stava davanti. «O ti costringerò a farlo».

Parole coerenti, notai, annusando l'aria senza darlo a vedere. Non avevo minimamente percepito la presenza di quell'alfa. Quello alle mie spalle mi aveva offuscato i sensi.

Ma ora che erano entrambi lì, ero certa che fossero molto meno selvaggi di quanto pensassi. Probabilmente avevano sfruttato l'altro mutaforma per mera distrazione.

Furbi, ammisi, pur rabbrividendo.

Alcune creature soprannaturali avevano scelto di approfittare della nuova realtà in cui ci trovavamo a vivere. Non dovevamo più nasconderci. Gli umani sapevano della nostra esistenza, ma erano troppo impegnati a sfuggire agli zombie per preoccuparsene.

Lasciando così ai lupi e agli altri esseri la possibilità di governarsi da soli.

Ma alcuni di loro non amavano sottostare alle regole.

Quei due probabilmente rientravano nella categoria.

Mi fermai a circa tre metri dall'uomo col coltello e chinai ulteriormente il capo.

Poi mi trasformai, proprio come mi aveva ordinato. Perché non avevo dubbi che avrebbe messo in atto la sua minaccia, costringendomi a mutare. Anche se forse il suo ringhio non sarebbe stato efficace quanto quello di Jonas, non volevo rischiare di soffrire inutilmente.

Inoltre, ciò mi offriva un'opportunità.

Rallentai la trasformazione. Non solo per dare a Jonas più tempo per raggiungermi, ma anche per apparire debole.

Gli alfa non mi misero alcuna fretta; erano troppo occupati a osservare il mio corpo man mano che tornavo in forma umana.

Un altro elemento da usare a mio vantaggio, pensai. *Gli alfa sono sempre attratti dalle omega.*

Dopo alcuni strazianti secondi che sembrarono eterni, mi alzai in piedi. Ma non sollevai la testa, mettendomi invece a studiare le scarpe dell'uomo col coltello.

Stivali. E jeans. Ha altre armi nascoste da qualche parte? Un altra lama? Qualcosa che posso usare?

«La tua bella pelliccia ricorda il colore dei tuoi capelli» commentò.

Fui quasi sul punto di sbuffare. Avevo sempre preferito tingerli. Ma il Contagio l'aveva resa un'abitudine difficile da mantenere.

«Vieni qui» continuò l'alfa. «Facciamo conoscenza, mentre Henrick si occupa del tuo alfa».

La mia mascella minacciò di serrarsi per l'insinuazione e l'accenno di trionfo nelle sue parole.

Mentre si occupa del mio alfa, pensai. *Sì, certo.*

Ma volevo fargli credere che sarebbe stato facile, spingendolo ad abbassare la guardia.

Mi costrinsi a camminare verso l'alfa. Il suo odore mi disse che non era un lupo X-Clan.

E nemmeno un V-Clan.

O un alfa Viking.

Cosa sei?, mi domandai, inspirando profondamente. *Non un Ash.*

A dirla tutta, non aveva l'odore di un lupo.

Ma sicuramente non era umano.

La risposta mi giunse quando allungò la mano, la avvolse intorno alla mia gola e mi strattonò verso il suo petto.

È un vampiro, capii. Avvicinò il viso al mio collo, e io smisi di respirare. Non c'era da stupirsi che non avessi percepito la sua presenza. *Merda.*

«Mmm» mormorò, trascinando le zanne sulla mia pelle. «Sangue fresco di omega».

Il lupo alle mie spalle ringhiò.

«Sì, sì, lo so. La condivideremo. Devi solo occuparti del suo *compagno*». Strinse la presa sulla mia gola e mi afferrò il fianco con l'altra mano. Il coltello era scomparso.

In un fodero? O l'ha letteralmente fatto sparire?

«Sei anche meglio di come ti hanno descritta sulla taglia» sussurrò, facendomi aggrottare la fronte.

Taglia?

«La teniamo per noi, Henrick? O almeno la usiamo, prima di consegnarla?».

Il lupo dietro di me grugnì proprio mentre in lontananza risuonava l'ululato di avvertimento di Jonas.

Non si era preoccupato di nascondere il suo arrivo. Voleva che tutti sapessero che avevano fatto incazzare il mutaforma sbagliato.

All'improvviso il mondo prese a girare. Il vampiro mi aveva fatta voltare nelle sue braccia, premendo la mia schiena sul suo petto. Aveva ancora il palmo avvolto attorno al mio collo e le labbra posate sulla mia giugulare, e aveva spostato l'altra mano sulla mia pancia.

Di solito, i vampiri alfa non prendevano omega di altre specie, a meno che non fossero omega V-Clan. Per quanto il mio sangue potesse saziarlo, non avrebbe potuto accoppiarsi con me.

Anche se tecnicamente sarei stata in grado di ricevere il suo nodo, una caratteristica fisica posseduta da tutti i vampiri alfa, non avevo nessuna intenzione di farlo.

E l'altro era un alfa Viking. Ne ero sicura, lo confermavano la sua pelliccia candida e le enormi dimensioni.

Nonché il suo odore.

Ma non sapevo perché si trovasse sul nostro continente. La sua specie viveva in Scandinavia.

«C'è una bella taglia sulla tua testa» mormorò il vampiro. «Ma ti vogliono viva. Qualcuno deve proprio sentire la tua mancanza. Chissà chi, visto che non si tratta sicuramente del tuo compagno».

Vorrei saperlo anch'io, pensai. *Forse il Consiglio Internazionale pensa che sia scomparsa? È possibile che stiano usando dei cacciatori di taglie per rintracciarmi?*

In effetti, eravamo molto in ritardo sulla tabella di marcia, e né io né Jonas ci eravamo fatti sentire con degli aggiornamenti sulla nostra situazione.

Ma assoldare dei cacciatori di taglie?

Dubitavo che fosse stato il Consiglio. Prima avrebbero almeno mandato dei militari come Jonas.

Anche per evitare quello che stava accadendo proprio in quel momento: non si poteva pensare che dei mercenari facessero la cosa giusta.

Jonas scattò in avanti. In forma di lupo, i suoi occhi avevano una sfumatura di azzurro molto più scura.

«Ah, benvenuto alla festa» disse il vampiro con voce melliflua. Abbassò lentamente la mano, le sue intenzioni erano chiare. «Stavo facendo conoscenza con la tua compagna. Mi sembra il minimo, dopo che hai ucciso il nostro animaletto».

Animaletto?, ripetei mentalmente. *Si riferisce al lupo che hanno mandato da Jonas come diversivo?*

Jonas si bloccò, investito da un'ondata di furia.

Henrick ringhiò e si gettò su di lui, sfruttando l'improvvisa immobilità del mio compagno.

Ma Jonas reagì in mezzo secondo, sfoderando gli artigli per difendersi e colpendo l'altro lupo alla spalla.

I due cominciarono a lottare in un turbinio di pelo, artigli e zanne.

Rabbrividii. L'aggressività che impregnava l'aria mi fece cedere le gambe.

«Presto sarà tutto finito, lupacchiotta» promise il vampiro, sfiorandomi il collo con le labbra. «*Molto* presto».

Jonas ringhiò e si scagliò verso di noi, ma fu strattonato dalle fauci dell'altro lupo. L'animale lo aveva morso al fianco e lo stava trascinando indietro.

Merda. Ecco perché mi aveva detto di correre via. La bestia di Jonas non riusciva a concentrarsi con me tra le braccia di un altro alfa. Aveva bisogno che fossi libera. Illesa. Doveva sapere che non ero…

Qualcosa di affilato mi toccò la gola. Il coltello del vampiro era riapparso nel suo palmo. «No, no, no» mormorò. «Così non ci siamo».

Inizialmente non capii.

Ma poi mi resi conto che Jonas aveva le fauci avvolte intorno alla gola dell'altro lupo.

Il suo sangue gli stava colando sul mento.

Stava vincendo, pensai.

Il vampiro se n'era accorto, e ora…

Ora mi sta usando per distrarre ulteriormente Jonas.

CAPITOLO 17
RILEY

DA QUALCHE PARTE NELLA CAROLINA DEL NORD...

OKAY, quelle creature non erano dei reietti inselvatichiti. Non c'era più alcun dubbio. Lo avevo già intuito, ma le loro ultime mosse dimostravano quanto fossero astuti e crudeli.

Trasalii quando il coltello si conficcò nella mia pelle, strappandomi un piccolo grido di sorpresa.

Jonas lasciò andare subito l'altro lupo e fece un passo indietro.

E in un attimo era sulla schiena. L'altro alfa non aveva perso tempo: gli era saltato addosso e lo teneva bloccato con le zanne e gli artigli.

No. No. No!

Non stava succedendo davvero.

Jonas si dimenò, ma il vampiro si limitò a ferirmi di nuovo. Poi si portò la lama alla bocca e la pulì con la lingua.

Afferrandomi il sesso con l'altra mano.

Non mi aveva ancora toccata in quel punto. Fino a

162

quel momento, aveva tenuto la mano appena sotto il mio ombelico per provocare Jonas.

Adesso, però, mi stava reclamando intimamente.

Stava leccando il mio sangue dal pugnale e mi toccava in un modo che spettava solo a Jonas.

Facendo impazzire la bestia del mio compagno.

I suoni che emetteva mi ricordavano i ringhi del lupo di cui si era liberato. Feroci, selvaggi. Folli. Ed era lì, intrappolato e ferito, incapace di ragionare lucidamente.

«Jonas» sussurrai.

Non volevo che mi uscisse come una supplica, ma le labbra del vampiro mi avevano accarezzato il collo proprio quando avevo aperto la bocca per parlare.

Il mio compagno emise un ululato furibondo che fece ridacchiare il maschio alle mie spalle.

«È così indifesa» commentò il vampiro leccandomi la gola. «Sei proprio un'omega» aggiunse poi, rivolto a me.

Mi irrigidii. Una parte del mio cervello si riaccese dopo lo shock subito negli ultimi minuti.

O forse secondi.

Stava accadendo tutto così in fretta. Non ero riuscita ad assimilare completamente tutto quello che era appena successo.

Fino a quel momento.

Finché il vampiro non aveva pronunciato quelle parole.

Sarò anche un'omega, pensai. *Ma sono molto di più. Sono un'omega con le* zanne.

Il vampiro era così rapito dal mio sangue, così impegnato a leccarlo via dalla lama, da non accorgersi che avevo iniziato a trasformarmi. Cominciando dalla mascella.

Quanto bastava per far comparire i canini affilati della mia lupa.

Mi avventai sul tendine tra pollice e indice, abbattendo al tempo stesso il tallone destro sul suo stinco.

Il vampiro lasciò cadere il coltello e barcollò all'indietro, scioccato. Ne approfittai per tirargli un altro calcio e farlo cadere a terra.

Poi balzai in avanti e completai la trasformazione. Una trasformazione che avvenne molto più rapidamente di quanto avesse fatto due settimane prima. Le giornate trascorse con Jonas avevano avuto un impatto molto positivo su di me.

Le nostre giornate passate a scopare.

Mangiare.

Bere.

E *trasformarci*.

Il nostro legame mi aveva rinvigorita in un modo che non avevo minimamente previsto. Mi aveva avvicinata all'anima della mia lupa, permettendoci di agire come un'unica entità, con il completo controllo dei suoi artigli e delle sue zanne.

Jonas allontanò l'altro alfa con un calcio, poi mi spinse dietro di sé con una zampata. Ritrovandosi così a fronteggiare gli altri due maschi.

Il suo ringhio era il suono più minaccioso che avessi mai udito. Giurava di proteggere. Prometteva di uccidere.

Non diede ai nostri aggressori il tempo di riorganizzarsi e si scagliò sul vampiro.

Capii la sua scelta, considerato che i vampiri, soprattutto gli alfa, possedevano velocità e forza soprannaturali. Erano delle creature feroci e crudeli, immuni alla luce del sole e assetate di sangue. Ero riuscita ad avere temporaneamente il sopravvento su di lui solo perché si era distratto, e ora Jonas stava cercando di sfruttare la ferita che gli avevo inferto.

Affondò le zanne nel petto del vampiro, indebolendolo ancora di più.

Per poi spingerlo a terra e attaccarlo al collo.

Il vampiro si difese avvolgendo le braccia attorno a Jonas e bloccandolo, mentre l'alfa Viking si lanciava in avanti per mordere il mio compagno.

Poi tutti e tre diventarono un turbinio di ringhi terrificanti.

Indietreggiai, ma il bagliore della lama catturò il mio sguardo.

Non avrei mai potuto competere con quegli alfa in forma di lupo, almeno in termini di forza.

Ma forse su due gambe e con un coltello in mano…

Il suono di uno schiocco mi distrasse dalle mie considerazioni.

Uno dei corpi colpì il terreno.

L'alfa Viking, notai sollevata.

Ma poi il vampiro e Jonas cominciarono a rotolare ancora più velocemente, avvinghiati l'uno all'altro, emettendo dei terrificanti suoni gutturali.

Non avevo mai visto un lupo attaccare un vampiro. A volte succedeva, ma di solito erano gli alfa V-Clan a combattere contro i vampiri, e lo facevano per proteggere le loro compagne.

Un altro verso feroce si levò dal turbinio di pelo e zanne, ma non riuscii a identificare da chi provenisse.

Si mossero nella mia direzione, continuando ad azzuffarsi. Balzai di nuovo all'indietro, tentando di capire come se la stesse cavando Jonas. Sembrava una lotta alla pari.

O forse no, mi resi conto preoccupata.

Jonas era un duro ed era stato cresciuto dai lupi V-Clan. Ma non aveva la loro magia. Non era nemmeno un vampiro. Non beveva sangue. Era un mutaforma X-Clan.

Il mio mutaforma.

Il mio compagno.

Dovevo fare qualcosa per aiutarlo.

Solo... non sapevo cosa. Nemmeno io avevo abilità magiche.

Ma so come operare un corpo, pensai, osservando di nuovo la lama. *So usare un bisturi. Perché non un coltello?*

Avanzai lentamente, solo per essere spinta di nuovo all'indietro da Jonas e il vampiro.

Quando un rumore stridente rimbombò nell'aria, seguito dall'ululato di dolore di Jonas, i due si fermarono.

«Sei stato un degno avversario» disse il vampiro gettando a terra il mio compagno. Aveva i muscoli gonfi che sbucavano da sotto la maglietta e i jeans tesi sulle cosce massicce. «Ma non è bastato».

Sollevò il piede, pronto ad abbatterlo sul collo di Jonas.

La mia lupa reagì senza riflettere, gettandosi in avanti con le fauci spalancate, mirando alla gola del vampiro. Lui riuscì ad afferrarmi al volo e mi sbatté a terra, per poi bloccarmi col suo corpo, ringhiando minaccioso.

Ma la mia lupa non cedette. Tentò di morderlo, decisa a strappargli la faccia.

Un attacco a cui il vampiro reagì ridacchiando.

Ridacchiando, cazzo.

«Che piccola omega agguerrita» commentò. «Mi divertirò a spezzarti».

«Sarebbe un vero peccato» intervenne un'altra voce. L'accento irlandese aveva un'aria piacevolmente familiare. *Kieran.* «Mi serve tutta intera».

Cercai di alzare lo sguardo su di lui, ma il vampiro bloccò la mia visuale provando a smaterializzarsi.

«Dai» mormorò Kieran, scagliando il vampiro contro il tronco di un albero lì accanto con un gesto della mano.

«Non vorrai già andartene? Speravo potessimo fare due chiacchiere».

Scaraventò l'alfa a terra con un altro movimento del polso, esigendo con la sua sola presenza che l'altro si arrendesse.

I vampiri erano molto potenti.

Ma Kieran apparteneva alla famiglia reale dei lupi V-Clan. Era un futuro *re*.

Possedeva una magia antica. Una magia che raggiunse il vampiro con la velocità di un fulmine e cominciò a strangolarlo. Non ci sarebbe stato nessun combattimento tra loro.

Kieran aveva già vinto.

E anche il vampiro lo sapeva.

«Vedi, ho messo una taglia sulla dottoressa Campbell sapendo che voi mercenari vi sareste precipitati a cercarla. Tutto quello che dovevo fare era seguire i vostri movimenti e lasciare che mi conduceste da lei».

Ecco chi è stato, pensai, rabbrividendo per l'autorità emanata da Kieran. Senza trattenere la sua traccia energetica, si assicurò che tutti i presenti, vivi o morti, sentissero il peso del suo dominio.

«Ma le mie richieste sono state molto chiare» continuò. «Volevo la dottoressa Campbell viva e *illesa*». Abbassò lo sguardo su di me. I suoi zigomi affilati erano accentuati dal serrarsi della mascella squadrata. «Non mi sembra particolarmente illesa».

Fui sul punto di rispondere con uno sbuffo, ma un rantolo emesso da Jonas catturò tutta la mia attenzione.

Merda.

Tornai immediatamente in forma umana e corsi da lui. Non era più cosciente. Le sue ossa sembravano essersi fratturate attorno al busto. *Perché il vampiro lo ha stritolato*, capii.

Ed era coperto di squarci causati da zanne e artigli.

«*Kieran*». Non riuscii a trattenere l'angoscia. «Sta morendo».

«Sì» confermò Kieran.

Il vampiro strillò, ma non mi voltai.

Kieran sembrava intenzionato a farlo fuori.

Non avevo nessuna intenzione di protestare.

Né gli avrei concesso il rispetto di guardarlo morire.

Tutta la mia attenzione era rivolta a Jonas. *Il mio compagno. Il mio amore*. Sussurrai il suo nome, muovendo inutilmente le mani sul suo corpo martoriato.

Non sapevo a cosa dare la precedenza. Non sapevo nemmeno se sarei riuscita ad aiutarlo. Stava... stava sanguinando. E non stava guarendo.

Respirava a malapena.

Cazzo. «Kieran!» gridai. Ero un medico. Avevo... avevo le conoscenze per curarlo. *Dovevo*. Ma come? Dove? Senza strumenti, senza... senza... *Oh, lune...*

Mi guardai attorno alla ricerca di qualcosa di utile. *Erbe*, pensai. *Piante medicinali. Forse. Qualcosa. Deve esserci qualcosa!*

L'alfa V-Clan si inginocchiò accanto a me. Osservò Jonas, poi esaminò anche me. Il mio corpo, il mio viso. Con un'espressione puramente clinica e distaccata. «Stai bene?».

«No!» urlai. «No, non sto bene! Jonas sta *morendo*!».

«Sì» disse in tono tranquillo. «Sta morendo».

«Devo...». Non sapevo cosa dire. «Devo salvarlo. Dobbiamo... Non lo so. Non lo so!». Il panico che mi attanagliava il petto si diffuse in tutto il resto del corpo, facendomi tremare incontrollabilmente.

Calmati, mi dissi. *Calmati e concentrati. È questo che fai. Salvi vite. Salva quella di Jonas. Salva Jonas!*

Ma anche la mia lupa era in preda al panico,

facendomi battere il cuore all'impazzata. Il suo terrore soffocava la mia capacità di pensare. La mia anima stava già piangendo l'uomo che avevo appena iniziato a... ad *amare*.

«Vedo che il tuo segreto è stato svelato» disse Kieran, abbassando di nuovo lo sguardo su Jonas. «Non ha perso tempo a reclamarti».

«Sono... sono andata in calore». Un'ovvietà che Kieran doveva aver già intuito, visto che aveva messo una taglia sulla sua amica *omega*. Più tardi avremmo dovuto parlare della sua decisione.

«E ti ha rivendicata» disse Kieran.

«Sì. Ma non penso... non penso che avesse altra scelta». Non a causa dell'estro, ma perché ci desideravamo a vicenda. Era mio. Io ero sua. I nostri lupi avevano deciso per noi. L'uomo... l'uomo aveva fatto quello che gli aveva chiesto la sua bestia.

«Abbiamo sempre una scelta, piccola» rispose Kieran, sollevando le mani sul corpo morente di Jonas.

Il mio compagno aveva cominciato a tornare in forma umana, rivelando tutte le orribili ferite che aveva subito.

Oh, Jonas. Rabbrividii.

«Puoi... puoi guarirlo?». Sapevo che Kieran possedeva capacità di guarigione. Era il motivo per cui era diventato medico, o meglio, per cui aveva accettato di aiutare nella ricerca sul virus. Ma non conoscevo l'entità di quel potere, non sapevo se sarebbe stato sufficiente ad aiutare Jonas.

«Sì, posso». L'alfa V-Clan mi guardò con un'espressione incuriosita. «Se muore, però, la sua rivendicazione morirà con lui. Certo, ti farà male. Ma posso placare quel dolore. Se è questo che desideri. E potresti tornare a fingerti una beta».

Lo fissai sbigottita. «Cosa?». Come poteva dire una cosa del genere? *Perché è quello che avrei voluto due settimane fa.*

Ma adesso…

«Oppure posso guarirlo per te» continuò, ignorando la mia reazione. «Cosa preferisci?».

«Sul serio?» chiesi. La mia voce era ridotta a un sussurro. «Se… se volessi la mia libertà…?».

«Te la darei. Solo in pochi sono a conoscenza dei termini della taglia. Potrei occuparmene facilmente».

Occuparsene, ripetei tra me e me. *Cioè li ucciderebbe.*

«Lo faresti davvero? Per me?».

«Sì». Mi rivolse un piccolo sorriso. «Ti considero un'amica, Riley. Non ho molti amici».

Considerando i suoi trascorsi e il suo titolo, non faticavo a crederci.

«Quindi… se voglio che guarisca?» mormorai. La speranza sbocciò dentro di me. *Kieran può curare Jonas. Può riportarlo indietro. Può ridarmi il mio compagno.*

«Lo farò» rispose semplicemente. «Ma devi scegliere in fretta. Oppure…».

«Guariscilo» lo interruppi. «*Ti prego*, Kieran».

Kieran mi studiò per un altro istante, e quel piccolo sorriso sembrò raggiungere i suoi occhi scuri. «Come desideri, piccola».

CAPITOLO 18
JONAS

STRAMALEDETTO KIERAN. Non appena mi fossi ripreso, gli avrei tirato un pugno in faccia.

Si era offerto di lasciarmi morire. Avevo sentito bene la sua proposta. Più o meno. Ero perso in una nebbia di stordimento. La mia anima cercava di guarire, mentre il mio corpo si opponeva.

Ma ero in qualche modo cosciente. Il mio spirito era legato all'essenza di Riley, aggrappato al suo calore. Al suo profumo. Alla sua *presenza.*

Se muore, la sua rivendicazione morirà con lui.

Riley era trasalita. Ma quando era stato il momento di prendere una decisione, non aveva esitato. E gli aveva chiesto di guarirmi.

La sua offerta, però, mi infastidiva.

Kieran stesso mi infastidiva. Il suo atteggiamento eroico del cazzo e le sue chiacchiere untuose stavano facendo ridere Riley, che in quel momento mi stava accarezzando i capelli.

Kieran le aveva detto che avevo bisogno di riposare. Mi aveva messo in una sorta di stasi. Ma non avevo dubbi che sapesse che ero in grado di sentire ogni fottuta parola.

«Una taglia» disse Riley con una punta di fastidio nella voce. «Su un'omega».

«Mmm…» mormorò Kieran. «Avevo percepito il calo dell'effetto dei tuoi soppressori durante la nostra ultima settimana al complesso. Ricordi?».

«Sì». Sembrava indispettita. «Ma non avrei dovuto avere bisogno di un'altra dose così presto».

«Tanto per cominciare, non avresti dovuto averne bisogno a prescindere» ribatté lui. «E l'anno scorso ti avevo avvertita che la tua lupa avrebbe imparato a metabolizzarli».

«Ecco perché stavo lavorando a un siero più efficiente. E ci sarei riuscita, se mi avessi dato una mano».

«Sai che non approvo l'uso di soppressori, Riley». La nota di rimprovero nella sua voce mi irritò. Pur essendo pienamente d'accordo con la sua opinione, non spettava a lui sgridare la *mia* compagna. «Nascondere la propria designazione è innaturale, ed è per questo che la tua lupa si è opposta».

Riley sospirò e smise di accarezzarmi i capelli, pur lasciando la mano sulla mia testa. «Per te è facile dirlo. Sei un alfa, Kieran. Una designazione molto diversa dalla mia».

«È vero» riconobbe lui. «E capisco perché hai voluto nasconderti. Gli alfa X-Clan mancano di una certa dose di decoro e di abilità, quando si tratta di corteggiare le loro omega».

Se avessi potuto, avrei sbuffato. *Stronzo.*

«Sì». L'immediata conferma di Riley mi fece ringhiare internamente. «Ma Jonas non mi ha semplicemente reclamata. Mi ha… mi ha mostrato cosa vuole un buon alfa dalla sua compagna».

«Davvero?» Kieran sembrava incuriosito. «E cos'è che vuole un buon alfa dalla sua compagna?».

Le dita di Riley affondarono di nuovo tra i miei capelli, scendendo fino alle spalle, per poi spostarsi verso il mio petto nudo. «Una partner». Indugiò con il palmo all'altezza del mio cuore. «Una compagna di vita».

Ci fu un lungo istante di silenzio, poi Kieran disse: «Jonas è un buon alfa. Si comporterà bene con te».

Ah, adesso dici così, pensai. *Dopo averle dato la possibilità di lasciarmi morire.*

«Lo so» rispose Riley. La sua mano risalì lungo la mia gola. «Non sono il tipo di lupa che obbedisce senza un buon motivo».

Kieran ridacchiò. «Gli darai del filo da torcere. Quanto mi piacerebbe assistere…».

«Può darsi che succeda».

«No. Non sceglierà di restare nel settore Blood».

È lì che stiamo andando?, mi domandai. *Nel settore Blood?*

«Perché no? Sua madre vive lì. È anche il luogo dov'è cresciuto. E avete a disposizione tutta la tecnologia necessaria per costruire un nuovo laboratorio. Non vedo perché non dovremmo stabilirci lì da voi» disse Riley. Le sue argomentazioni erano valide, ma l'idea di vivere in quel settore mi fece venire la nausea.

O quantomeno la peggiorò.

Qualsiasi magia avesse usato Kieran, mi aveva lasciato con lo stomaco sottosopra.

Il pensiero di tornare nel settore Blood e di rimanervi non faceva che peggiorare la sensazione.

«Jonas non si troverà a suo agio nel settore Blood» disse Kieran. «Gli serve un branco in cui possa sentirsi alla pari, e tra i lupi V-Clan non è mai stato così. Ecco perché se n'è andato».

Tra i tanti motivi, pensai, infastidito che conoscesse quei dettagli su di me senza che ne avessimo mai parlato.

«È un alfa» continuò Kieran. «Ha bisogno di sentire di avere il controllo della situazione. E questo non accadrà mai nel mio settore. Non a causa mia o dei miei lupi. È solo una conseguenza della nostra natura. Per quanto i lupi V-Clan e i lupi X-Clan siano in grado di accoppiarsi, siamo molto diversi».

Era un modo gentile per dire che gli alfa X-Clan erano inferiori ai V-Clan.

E in un certo senso aveva ragione. Tutte le specie avevano i loro punti di forza, ma i lupi V-Clan erano notoriamente letali. E in un'ipotetica classifica dei predatori soprannaturali, erano molto più in alto di noi.

Tra i loro principali avversari c'erano i vampiri.

Da qui la mia gratitudine nei confronti di Kieran per essersi occupato di quello che mi aveva attaccato.

Nella mia situazione, la maggior parte dei maschi l'avrebbe odiato per essersi dimostrato più forte e capace. Ma io non ero così. Non ero troppo orgoglioso per ammettere che mi aveva salvato il culo.

Era quello che era successo dopo ad avermi fatto incazzare.

La sua offerta di lasciarmi morire, unita alle confidenze che stava scambiando con Riley.

Mia, continuava a ringhiare il mio lupo. *Riley è mia.*

Lei e Kieran erano amici. Lo accettavo. Ma ciò non impediva al mio animale di voler riaffermare il legame che ci univa.

Non gli importava che tecnicamente Kieran avesse una compagna.

Beh, una *promessa sposa*.

Gli alfa V-Clan corteggiavano le loro omega in modo molto diverso dal nostro. E i metodi di Kieran erano tra i più singolari che avessi mai visto.

In ogni caso, non era ancora del tutto coinvolto con la sua futura compagna, e questo lo rendeva un potenziale avversario. Almeno agli occhi del mio lupo.

«Allora, dove ci consigli di andare?» chiese sottovoce Riley dopo una lunga pausa. Probabilmente aveva riflettuto sulle parole di Kieran e si era resa conto di quanto fossero vere. «Tutti i laboratori sono stati distrutti. Dove continueremo la nostra ricerca?».

Kieran sospirò. «Ammiro la tua tenacia, Riley. L'ho sempre ammirata. Ma sappiamo entrambi che non c'è una cura. Nemmeno la mia magia può guarirli».

La sentii irrigidirsi, la sua mano si bloccò sulla mia spalla. «Ti stai arrendendo».

«No. Non mi sto arrendendo. Sto solo accettando la realtà. Ora il massimo a cui possiamo aspirare è trovare un modo di fermare la mutazione». La sua voce era un basso brontolio, più simile a un ringhio che a un brusio confortante. «Ha telefonato Rohan mentre eri... indisposta».

«E?» lo incalzò.

«Hanno un nuovo caso in Danimarca. Un alfa Viking. La transizione è avvenuta la scorsa notte, e ora è cerebralmente morto. È lo stesso effetto che ha avuto il virus sui lupi Ash».

Merda, pensai. Il virus si era già diffuso tra due specie di lupi.

«Sta prendendo dei campioni» continuò Kieran. «Li farò portare in laboratorio per analizzarli. Ma a questo punto i nostri sforzi devono essere orientati al contenimento della mutazione. Perché anche se ci fosse una cura, cosa potremmo guarire? Una volta distrutto il cervello, non rimane altro che un guscio vuoto».

Riley chiuse la mano a pugno, graffiandomi inavvertitamente. La sua ira mi sferzava i sensi, ma non disse nulla.

Si limitò a ribollire di rabbia.

«Sai che ho ragione, piccola» insistette Kieran. La sua voce era un tenue mormorio che mi fece ringhiare internamente ancora una volta.

Non mi era piaciuto che l'avesse rimproverata.

E mi piaceva ancora meno che ora la stesse consolando. Anche se era quello di cui aveva bisogno.

«Stanno costruendo una clinica nel settore Andorra» riprese l'alfa. «Sta organizzando tutto un beta X-Clan di nome Ceres. Lo conosci?».

«Ci siamo incontrati». Il tono sommesso di Riley mi spezzò il cuore. Era arrabbiata, ma non con Kieran. Aveva detto la verità, e lei lo sapeva. Solo che odiava che avesse ragione.

La capivo perfettamente.

L'alfa non mi stava molto simpatico, ma c'era un motivo se era il Principe del settore Blood. Sapeva quello che stava facendo.

Per questo avevo cominciato a sospettare che l'intera conversazione, incluso il fatto che potessi ascoltarla, fosse a *mio* beneficio.

Voleva che Riley fosse felice.

E la stava orientando verso una situazione in cui avrebbe potuto prosperare.

Come mia compagna.

Se fossi stato in grado di muovermi, avrei digrignato i denti.

«Si tratta di un settore nuovo, con a capo un alfa

giovane» mormorò Kieran. «È alla ricerca di qualcuno con le tue capacità per dirigere la struttura creata da Ceres».

Riley doveva aver cominciato a condividere i miei sospetti. «Perché non dare la posizione direttamente a Ceres?» gli domandò in tono scettico.

«Da quello che ho capito, lui è specializzato nel trasformare gli umani in mutaforma. In particolare, mutaforma X-Clan. Sarebbe un valido partner per comprendere la genetica dei lupi. Ma non ha nessuna esperienza in campo epidemiologico. Voi due insieme potreste fare la storia».

Vecchia volpe, pensai, quasi divertito dalle sue tattiche. Sapeva che Riley non avrebbe mai rifiutato un'opportunità del genere.

«Stai cercando di liberarti di me, dottor O'Callaghan?» chiese la mia compagna. Il suo tono provocante fece grugnire il mio lupo.

«Oh, *macushla*, se potessi tenerti con me lo farei. Ma sarebbe un crimine da parte mia impedirti di brillare come il gioiello che sei».

Lo ucciderò, decisi. *Gli strapperò la lingua e gliela farò ingoiare.*

«E il settore Andorra non è un'ottima opportunità solo per te» continuò. La sua voce vellutata mi faceva ribollire il sangue. «Ma anche per il tuo compagno».

«Ma l'alfa del settore non lascerà mai che sia un'omega a dirigere il suo laboratorio» obiettò Riley. «Voglio dire, presumo sia un lupo X-Clan, giusto? Il settore Andorra è composto solo da lupi X-Clan?».

«Sì» confermò Kieran. «Ma Ander Cain non è come gli alfa con cui sei cresciuta. Suo padre è l'alfa del settore Norse».

L'alfa Ludvig, tradussi. Ma lo sapevo già, perché avevo riconosciuto il nome di Ander.

Avevo incontrato l'alfa Ludvig. Era un buon lupo. Molto rispettato.

«Non ne so molto dei settori europei» ammise Riley. «Ma gli alfa X-Clan di solito non permettono alle omega di lasciare il nido».

«È questo che ti ha detto Jonas?» chiese, facendomi venire voglia di ringhiare. Di nuovo.

No. Non le ho detto nulla del genere, razza di idiota. Se mi avesse permesso di tornare in me, avrei potuto difendermi.

«Jonas non è come gli altri alfa X-Clan. È cresciuto nel settore Blood».

«Sono sicuro che questo non abbia fatto altro che aumentare il suo fascino» commentò Kieran.

Sì, ti farò vedere quanto sono affascinante, quando mi farai uscire da questo cazzo di coma.

«Ci sono alfa che non solo incoraggiano le omega a fare di più che riprodursi e occuparsi dei cuccioli, ma se lo aspettano. E l'alfa Ludvig è uno di questi. Tutti i lupi presenti nel suo settore hanno un lavoro, anche la sua compagna omega. Immagino che suo figlio sia cresciuto con la stessa mentalità, dato che ha già espresso il suo interesse a parlare con te».

La mano di Riley si appiattì sul mio petto. «L'alfa Ander vuole parlare con me?».

«Sì. Ha saputo cos'è successo al complesso del CDC e ha inviato un avviso attraverso i nostri canali. Ha bisogno di un epidemiologo con le tue competenze».

«Sa che sono un'omega?».

«Non ancora» rispose Kieran. «Lo sanno solo i pochi a conoscenza della taglia. Ma è un dettaglio che non lo scoraggerà. Penso che sarà interessato anche a Jonas, dato il suo background militare. Ander ha bisogno del supporto di alfa forti e leali, se vuole tenere in riga il suo nuovo settore».

Ander aveva solo venticinque anni, trenta al massimo. Era molto giovane per una posizione del genere. Essere figlio dell'alfa Ludvig di certo aiutava, ma l'avrebbero sfidato anche solo sulla base della sua età. Avrebbe avuto bisogno di una squadra potente e affiatata per governare in pace.

«E pensi che Jonas preferirà vivere lì, piuttosto che nel settore Blood» disse Riley. Non era una domanda, ma un'affermazione.

«Sì». Kieran fece una piccola pausa, poi continuò: «Ma puoi parlarne con lui. Se vuoi restare nel settore Blood, ti costruirò un laboratorio. Hai delle opzioni. Valutale con attenzione. E ricorda quello che mi hai detto su Jonas».

«Ho detto molte cose su Jonas».

«Sì, ma ce n'è una in particolare che devi tenere a mente, *macushla*».

«E sarebbe?» chiese, facendo eco alla domanda che mi aveva riempito la mente. Volevo saperlo anch'io.

«Ricorda che vuole una compagna di vita» disse dolcemente. «Una partner. Sii la sua partner, Riley. Parlatene *insieme* e prendete una decisione che vada bene per entrambi».

CAPITOLO 19

RILEY

Ero stesa sul letto accanto a Jonas, in attesa che si svegliasse.

Per la convalescenza di Jonas, Kieran ci aveva dato una delle suite per gli ospiti, assicurandomi che si sarebbe ripreso presto. «Tra un'ora o due ricomincerà a muoversi» aveva detto Kieran prima di lasciarci soli. «Il suo corpo deve mettersi al passo con la sua mente».

«Cosa significa?».

«Te lo spiegherà lui» rispose Kieran con un accenno di sorriso. «A più tardi, *macushla*».

Mia cara, tradussi. Conoscevo il significato di quel piccolo vezzeggiativo. Kieran lo usava perché sapeva quanto amavo il modo in cui il suo accento irlandese giocava col termine. Aveva detto che il mio sorriso mi aveva tradita fin dal primo giorno, e da allora aveva giurato di chiamarmi sempre così.

All'alfa V-Clan piaceva flirtare. Ma faceva tutto parte del suo personaggio. Un'altra omega possedeva la sua anima, una donna che aveva nominato solo qualche volta, di sfuggita. Da quello che avevo capito, stavano giocando a una sorta di partita a nascondino. Inizialmente, era stato quello a condurlo al CDC: la sua omega si stava nascondendo ad Atlanta.

Ma poi si era scatenato l'inferno.

E Kieran aveva deciso di usare i suoi poteri per aiutarci ad arginare il Contagio.

Purtroppo, come aveva sottolineato durante il viaggio sull'aereo, non eravamo ancora riusciti a trovare una cura. E probabilmente non l'avremmo mai trovata, neanche con il nostro accesso a poteri ed essenze soprannaturali. Sembrava semplicemente che non esistesse.

Inoltre, Kieran aveva ragione: anche se avessimo trovato una cura, a chi avremmo potuto somministrarla? Chi veniva infettato si riduceva in fretta a un guscio vuoto senza cervello.

Sospirai e mi accoccolai con la testa sulla spalla di Jonas, continuando ad aspettare che aprisse gli occhi.

«Ho bisogno di un nuovo percorso» borbottai tra me e me. «Non posso e non voglio rinunciare a cercare una cura. Ma Kieran ha ragione sul fatto che dobbiamo concentrarci sulle mutazioni». Mi aveva aggiornata sulle ultime novità sull'alfa Viking riportate da Rohan; aveva confermato che ora esisteva un'altra pericolosa mutazione.

Dovevamo fermare il virus prima che cominciasse ad avere un impatto anche sui lupi X-Clan, V-Clan o W-Clan. O su qualsiasi altra specie.

Tranne forse i vampiri, pensai. *In questo momento non mi stanno molto simpatici.*

Anche se Kieran aveva detto di essere amico di uno di loro. Quindi forse non erano tutti come il mostro che avevo incontrato dodici ore prima.

Quello che aveva quasi ucciso il mio alfa.

Baciai Jonas sul petto, proprio all'altezza del cuore. «Grazie di avermi protetta» sussurrai. «E per avermi reclamata».

«Prego» rispose, facendomi trasalire.

Il mio sguardo guizzò sul suo viso. «Jonas?». Lo osservai. «Sei sveglio!».

«Lo sono sempre stato» mugugnò. I suoi occhi si spostarono sul comodino.

Capendo subito cosa volesse, afferrai il bicchiere d'acqua appoggiato lì sopra.

Il settore Blood era attivo e funzionante come se non fossimo stati nel bel mezzo di una pandemia. Avevano protetto la maggior parte della popolazione islandese, offrendo rifugio all'interno dei loro confini anche agli umani, a patto che venissero seguite determinate regole.

Avevano introdotto anche un razionamento del sangue, un espediente che i lupi V-Clan consideravano una forma di tassa sulla proprietà.

Jonas svuotò quasi completamente il bicchiere d'acqua, alzando appena la testa dal cuscino, quanto bastava per permettergli di deglutire. Poi disse: «La mia mente non ha mai dormito. Ho sentito tutto quello che è stato detto nelle ultime... non so quante ore».

«Qui è mezzanotte passata» dissi. «Ma sono trascorse circa dodici ore da quando siamo stati attaccati. E tu hai sentito tutto? Anche sull'aereo?».

«Anche prima, quando Kieran ti ha proposto di lasciarmi morire» borbottò Jonas. «Sì. Ho sentito tutto».

Sembrava arrabbiato, ma non ero sicura del motivo. «Gli ho detto di guarirti. Senza esitare. Lo sai, vero?».

La sua espressione si addolcì appena. «Lo so, *ástin mín*».

«Allora perché sei arrabbiato?».

Ed ecco che la tenerezza che gli aveva illuminato il viso sparì, lasciandosi dietro una mascella spigolosa, coperta da una folta peluria bionda. Era da un po' che non riusciva a radermi. Ma dovevo ammettere che così mi piaceva.

«Oh, non lo so, *macushla*. Potrebbe essere lo scarso peso che dà Kieran alla mia esistenza, o il suo continuo flirtare. O anche i suoi commenti incessanti sulle intenzioni degli alfa X-Clan. Dimmelo tu».

Lo fissai per qualche istante.

Quando capii il reale motivo della sua rabbia, le mie labbra cominciarono a fremere. Riuscii a stento a non sorridere.

Okay, parte della sua rabbia poteva essere causata dall'offerta di Kieran riguardo il mio futuro, ma sapevo che non era quella la vera ragione. «Sei geloso».

«Certo che sono geloso» sbottò. L'impeto con cui lo disse mi colse di sorpresa. «Sei *mia*. E lui continua a flirtare con la *mia* compagna. Il mio lupo vuole farlo a pezzi».

Sorrisi, incapace di trattenermi oltre. E ciò non fece che irritarlo ancora di più. «Lo sai che è solo un amico, vero?».

«Un amico che vuole *tenerti*» ribatté. «Sì, ho sentito anche quella parte».

«Intendeva come scienziata e come amica».

«Certo, come no».

Alzai gli occhi al cielo. «Ha una compagna».

«È *fidanzato*» specificò Jonas. «Non è la stessa cosa. E la sua promessa sposa non è nemmeno qui».

«È vero» dissi. «Ma è sempre stato solo un amico per me. E un utilissimo collaboratore».

Jonas sbuffò.

«Ti ha salvato la vita» sottolineai. «Non puoi davvero odiarlo».

«Beh, non deve nemmeno *piacermi*».

«Testardo di un alfa» commentai.

«Testarda di un'omega» replicò.

«Siamo proprio fatti l'uno per l'altra» dissi sedendomi a cavalcioni su di lui, con le mani premute sul suo petto. «Vuoi scoparmi, così tutti sapranno che sono tua?». Mi strusciai su di lui in un palese invito, suscitandogli un ringhio che gli rimbombò nel petto.

Un ringhio che fece reagire immediatamente il mio corpo.

La mia eccitazione colò sul suo sesso già eretto.

Mi ero tolta i vestiti che mi aveva prestato Kieran prima di stendermi a letto con Jonas.

Un'ottima idea, mi complimentai con me stessa, continuando a strusciarmi su di lui.

Jonas ringhiò di nuovo e mi afferrò i fianchi, per poi scambiarci di posizione e penetrarmi senza preavviso.

Sussultai e gemetti. Mi aveva fatto male nel migliore dei modi.

«Di più» lo implorai quando si bloccò.

«Dimmi che il mio nodo è l'unico di cui hai bisogno».

«Il tuo nodo è l'unico che *voglio* e di cui ho bisogno» giurai, afferrandogli le spalle. «Sei il mio compagno, Jonas. Per scelta. E avrò sempre bisogno e voglia di te».

Mi posò la mano sulla guancia. Il suo sguardo di ghiaccio era incredibilmente intenso. «Ti amo, Riley».

«Dimostralo» replicai, inarcandomi verso di lui. «Scopami».

Ridacchiò. «Sempre così esigente».

«Sì». Gli avvolsi le gambe attorno alla vita. «Adesso, alfa».

Catturò il mio labbro inferiore tra i denti e mi morse. Non con forza, era solo un avvertimento. «Sei una piccola impertinente, Riley Campbell».

«Questo significa che mi punirai?» chiesi speranzosa.

Sospirò. «Sono quasi morto, e appena ho aperto gli occhi la tua reazione è stata chiedermi di scopare».

«Sì». Perché confermava che era vivo. Mi aiutava a sentirmi di nuovo me stessa. Reclamata. *Amata.* «Ho bisogno del tuo nodo, Jonas» gli dissi ancora una volta. Non ero mai stata così sincera.

Si mosse su di me, accarezzandomi il naso col suo. «Sono fiero di te per aver lottato» sussurrò. «Sono così orgoglioso di sapere che sei mia. Non perdere mai quel fuoco, Riley. È ciò che sei, ciò che *amo*».

Rabbrividii sotto di lui, col cuore che scalpitava. Accettai la sua lode e lasciai che rendesse il nostro amplesso ancora più intenso. «Anche tu sei ciò che amo».

Era una verità che la mia lupa conosceva fin dall'inizio: quell'alfa era sempre stato il nostro destino.

Ma ora lo capivo anch'io.

«Voglio essere dove sei tu. Sempre». Me ne ero resa conto mentre parlavo con Kieran dei miei piani per il futuro.

Aveva ragione: a Jonas serviva uno scopo.

E quello scopo sarebbe stato più incisivo in un settore X-Clan, dove avrebbe potuto essere fedele alla sua natura di alfa.

Aveva bisogno di sentirsi superiore, ma non per arroganza o orgoglio: era solo il suo modo di essere.

Jonas mi baciò. Le sue labbra e la sua lingua mi sussurrarono il suo affetto e la sua devozione.

Facemmo l'amore lentamente.

Teneramente.

È tutto così perfetto.

Non volevo che andasse veloce o che mi prendesse con forza. Volevo solo che non mi lasciasse andare mai più.

Jonas è guarito. Siamo al sicuro. Siamo destinati a stare insieme.

Un altro buon motivo per abbandonare il settore Blood era prendere le distanze dai loro vicini, i vampiri che vivevano in Groenlandia. Certo, l'oceano era grande. Ma i rapporti tra i lupi V-Clan e i vampiri erano un po' troppo stretti per i miei gusti.

Soprattutto dopo gli ultimi avvenimenti.

Il settore Andorra era più sicuro. Almeno in teoria.

Jonas mi mordicchiò il labbro inferiore, riportando la mia attenzione su di lui, mentre scivolava ancora più in profondità dentro di me.

Ancora lento e deciso.

Ancora splendidamente *mio*.

Sospirai. La mia lupa era soddisfatta delle premure che le stava riservando il suo alfa. Jonas mi accarezzò i fianchi e risalì con le mani lungo il mio corpo, indugiando sul seno, per poi catturarmi il viso.

Si allontanò appena per potermi guardare negli occhi, pur continuando a muoversi dentro e fuori di me.

Niente parole.

Solo emozioni.

Amore. Passione. Promesse eterne.

Mantenne lo sguardo sul mio mentre mi faceva precipitare nell'oblio, e continuò a fissarmi mentre il suo nodo mi reclamava dall'interno.

Così intenso. Esattamente ciò che desideravo.

Ci baciammo di nuovo, travolti entrambi da ondate di piacere. I suoi ringhi profondi mi rimbombavano sul petto.

Sfumando presto nel suo dolce brusio.

Mi sciolsi sotto di lui. Quel suono era come una droga. «Sei mia» sussurrò.

«Sì» mormorai, conficcandogli le unghie nella nuca e tenendolo stretto a me. «E tu sei mio».

Sorrise sulle mie labbra e mi baciò ancora una volta.

Quando il suo nodo si ritrasse, mi portò in braccio attraverso la suite degli ospiti, diretto verso il bagno, dove mi lavò.

E dove sciacquò via tutto il sangue che gli era rimasto

incrostato sulla pelle. Avevo cercato di dargli una pulita sull'aereo con degli asciugamani forniti da Kieran, ma l'acqua corrente era molto meglio.

Fu solo quando ci stavamo asciugando che Jonas disse: «Se mi chiedessi di restare qui, lo farei. Per te».

«Lo so». Mi aveva più che dimostrato che avrebbe sempre messo i miei desideri al primo posto. Ma non era questo che significava essere partner, come mi aveva fatto notare Kieran.

L'alfa V-Clan era certamente un enigma. Riusciva sempre a darmi consigli molto saggi, assicurandosi al tempo stesso che leggessi tra le righe.

Non si comportava così con gli altri. Anzi. A tanti risultava freddo e distaccato.

Ma con me era diverso.

E non perché fosse innamorato di me.

Eravamo amici. Proprio come avevo detto a Jonas. Due ricercatori che condividevano forme simili di rispetto per l'umanità.

La sua era più cinica, la mia più orientata verso la speranza. Ma quella differenza ci aveva aiutati a bilanciarci a vicenda.

«Voglio parlare con l'alfa del settore Andorra» gli dissi dopo un po'. «Voglio saperne di più sulla sua clinica. E magari parlare anche con il beta Ceres delle sue ricerche».

«Ne sei sicura?» chiese Jonas.

Annuii. «È l'opzione più sensata per *noi*, Jonas. E Kieran aveva ragione sulla possibilità di collaborare con Ceres». Studiai il mio compagno che si stava avvolgendo un telo da bagno attorno alla vita. «Ti interesserebbe vivere nel settore Andorra?».

«Sono interessato a discuterne con Ander, sì» disse. «Conosco suo padre, Ludvig. È un buon lupo. Se Ander è come lui, e presumo lo sia, visto che ha già preso possesso di un settore, allora l'Andorra potrebbe essere il posto giusto per noi».

«Perché potresti continuare a fare il tuo lavoro?» gli domandai.

«Perché Ander ti tratterà come meriti: come una ricercatrice di fama mondiale con le potenzialità di garantire che la nostra specie sopravviva alla pandemia».

Non come un'omega o come l'adorata compagna di un alfa. «Pensi che rispetterà i miei sogni?».

«C'è solo un modo per scoprirlo». Jonas mi si avvicinò e avvolse la mano attorno alla mia nuca. Guardandomi dritto negli occhi, aggiunse: «Non ti metterò mai nella condizione di sentirti inferiore. E non permetterò a nessuno di farlo».

Gli sorrisi. «Neanch'io».

«Ci conto, *ástin mín*». Mi sfiorò le labbra con le sue. «Vedremo se Ander sarà all'altezza delle nostre aspettative, e poi decideremo cosa fare».

«Okay» sussurrai.

«Okay» ripeté baciandomi di nuovo. «Ci siamo dentro insieme, *ástin mín*. Per sempre».

«Per sempre» gli feci eco con un sorriso. «Ma non credere che questo significhi che mi comporterò bene».

«Tesoro, non mi aspetterei mai niente del genere. Ti conosco troppo bene».

«Perfetto». Gli mordicchiai il labbro inferiore. «Vuoi scoparmi di nuovo?».

Scoppiò a ridere. «Avrò sempre voglia di scoparti, ma prima ho bisogno di un po' di cibo, omega».

Misi il broncio. «Ma…».

Premette le labbra sul mio orecchio. «Pazienza, Riley» disse con un ringhio. «Ti accontenterò quando avrò mangiato. Ora vestiti».

Esalai un sospiro drammatico. «Mi toccherà insultare di nuovo il tuo nodo, vero?».

«Provaci e te ne pentirai».

«Non con le tue punizioni» mormorai.

Mi diede una pacca sul sedere abbastanza forte da farmi strillare. «Smettila di torturarmi, omega. Ho bisogno di cibo».

Finsi di nuovo di mettere il broncio, ma andai a cercare dei vestiti.

Nel frattempo, lui non mi tolse di dosso per un attimo il suo sguardo affamato.

Era chiaro che, per quanto avesse bisogno di nutrirsi, sicuramente sarei stata il suo dessert.

Non vedevo l'ora.

Mio, pensai. *Questo alfa è tutto mio.*

EPILOGO

JONAS

Settore Andorra

Ander Cain non sorrideva. Si limitava a osservare. Mi ricordava una versione molto più austera di suo padre.

Forse è la sua omega ad addolcirlo, ipotizzai pensando a Ludvig. *O forse la famiglia che ha creato*.

Perché ad Ander mancava il calore di Ludvig.

Non che fosse crudele o particolarmente scortese. Era seduto davanti a Riley; la mia compagna gli stava spiegando le sue ricerche, dopo avergli illustrato le sue credenziali, e lui la ascoltava in silenzio. Ebbi l'impressione che sapesse già tutto, eppure non la interruppe. Né la costrinse a inchinarsi a lui o a supplicarlo.

Un punto a suo favore.

A dire il vero, aveva ricevuto *molti* punti.

Ci aveva accolti sulla pista di atterraggio con Elias, il suo secondo in comando, che ora sedeva accanto a lui e di fronte a me. Poi ci aveva condotti in un edificio costruito di recente.

Invece di interrogarci, ci aveva mostrato i laboratori e

190

aveva presentato Riley a Ceres. I due avevano già parlato qualche volta al telefono, dal momento che la tecnologia disponibile nel settore Andorra era compatibile con quella del settore Blood.

Anche se il settore Blood era più… futuristico. Non c'era da stupirsi, considerando l'essenza mistica delle creature che lo popolavano.

D'altro canto, il settore Andorra aveva un innegabile fascino. Non solo grazie alle persone che lo governavano, ma anche per l'aspetto che aveva e per l'atmosfera che si respirava.

Lì mi sentivo a mio agio.

E il tono acceso di Riley mi confermò che valeva lo stesso anche per lei.

Aveva cominciato a dare libero sfogo al suo entusiasmo nei laboratori, dopo aver incontrato Ceres. Il beta le aveva mostrato qualcosa su cui stava lavorando, e lei si era lanciata in una discussione di cui non compresi una sola parola.

Elias e Ander si erano scambiati un'occhiata, a suggerire che probabilmente non avevano capito nulla neanche loro.

Ma di qualsiasi cosa si trattasse, aveva fatto piacere alla mia compagna. E di conseguenza aveva fatto piacere a me.

E ora Riley stava cercando di vendersi per una posizione che Ander aveva già deciso di affidarle.

Non c'erano dubbi. Glielo leggevo in faccia.

Tuttavia, l'alfa rimase in silenzio ad ascoltarla.

Tutto suo padre, conclusi. *A parte l'atteggiamento distaccato.* Ma quello non sarebbe stato un problema.

Non amavo parlare a vuoto. Se voleva mantenere le chiacchiere al minimo, a me andava benissimo.

Il suo secondo sembrava un po' più affabile. I suoi occhi scuri si intonavano ai folti capelli neri con cui spesso giocherellava, un'abitudine che tradiva la sua incapacità di stare fermo.

Elias aveva sorriso un paio di volte a Riley, principalmente per incoraggiarla a continuare a parlare. Mi era sembrato tutto abbastanza innocente, frutto dell'adorazione che gli alfa emanavano in presenza di un'omega.

Anche se questo non sembrava valere per Ander. Si era comportato in modo molto professionale con Riley, trattandola come se anche lei fosse stata un'alfa.

Quella era l'influenza di suo padre.

Ed era anche ciò che aveva fatto sentire Riley immediatamente a suo agio.

La mia compagna fece un respiro profondo e concluse con: «Di conseguenza, credo che questo sia il posto giusto per me».

Ander aspettò qualche istante, studiandola con i suoi occhi dorati, poi disse: «Sono d'accordo».

Elias annuì.

«Quali sono le tue richieste?» le domandò Ander. «Ovviamente vi forniremo un alloggio. Avete qualche preferenza al riguardo? Numero di stanze? Zona? Abbiamo delle suite qui nell'edificio, ma anche altri tipi di sistemazione all'interno del settore».

Riley mi guardò.

Non avevo nessuna preferenza. Sarei andato ovunque desiderasse.

«Possiamo vedere gli alloggi disponibili prima di decidere?» chiese lentamente, riportando lo sguardo su Ander.

«Assolutamente» confermò l'alfa. «Elias organizzerà un vero e proprio tour. Nel frattempo, potete stare nella suite degli ospiti».

«Vi converrebbe avere due abitazioni, di cui una più

appartata» aggiunse Elias. «Ci sono molti alfa in questo settore. In alcuni momenti, potrebbe dimostrarsi problematico».

«Cosa vuoi dire?» chiesi con sospetto. Perché sapevo *esattamente* cosa intendeva.

«Non ho intenzione di indorare la pillola. Alcuni alfa pensano che sia troppo giovane per governare» disse Ander. «Le sfide sono all'ordine del giorno. Ma non ne ho ancora persa una». L'ultima parte sembrava un avvertimento.

Essendo anche lui un alfa, era perfettamente in grado di percepire la mia autorità. Ero più anziano di lui, forse anche più forte. E questo mi rendeva una minaccia.

Solo che non volevo prendere il suo posto.

«Non invidio il tuo ruolo» puntualizzai. «Ma ti aiuterò a conservarlo, a patto che le mie condizioni vengano rispettate».

Riley mi lanciò un'occhiata sorpresa. Non avevamo affrontato quella parte, principalmente perché non sapevo se sarebbe stato necessario. Prima volevo osservare le sue reazioni. Ora che aveva confermato di voler restare, potevo elencare le mie richieste.

«Quali sono?» chiese Ander con la stessa espressione impenetrabile. Elias, invece, sembrava al tempo stesso incuriosito e guardingo.

Non potevo biasimarlo.

Il suo lavoro consisteva nel proteggere Ander. E, in sua assenza, governare il settore.

Se io e Riley fossimo rimasti lì, il mio compito sarebbe stato di proteggere tutti loro.

E lo avrei fatto.

Ma dovevano capire che Riley sarebbe sempre stata al primo posto per me.

«Prima di tutto, mi aspetto una protezione adeguata per la mia compagna. In ogni momento. Incluso il calore».

Ander annuì. «Stiamo sviluppando delle suite che consentano di mascherare gli odori. Inoltre, queste suite sono costruite con una tecnologia all'avanguardia che rende quasi impossibile l'accesso alle persone non autorizzate».

«Per questo parlavo di avere un secondo alloggio» disse Elias. «Vi consiglierei di prendere una di queste suite a tempo pieno, o di tenerla come seconda casa per circostanze particolari».

«A nostre spese, ovviamente» aggiunse Ander. «La dottoressa Campbell ha un bagaglio inestimabile di conoscenze e competenze. Siamo disposti a offrirvi tutto ciò di cui avete bisogno per rendere permanente il vostro soggiorno qui».

Elias annuì. I due alfa erano sulla stessa lunghezza d'onda. Dovevano essere amici da tempo.

«Vorrei visionare anche la suite, durante il nostro tour» dissi.

«Consideralo fatto» rispose Ander. «Cos'altro?».

Lo guardai negli occhi. «Non dovrai mai rimproverare la mia compagna. Se si comporta male, me lo dirai e mi occuperò io di punirla».

Riley inspirò bruscamente, facendomi voltare verso di lei.

«Sappiamo entrambi che è necessario» le dissi. «Non permetterò a nessuno di punirti».

«Chi ha detto che debba essere punita?» chiese in tono irritato.

Mi limitai a fissarla finché le sue guance non si tinsero di rosa.

«Non sono un animale domestico che deve obbedire agli ordini» borbottò.

«No, è vero» convenni. «Sei solo la mia omega senza peli sulla lingua che non si fa problemi a comandare a bacchetta gli alfa».

«Solo quando ce n'è bisogno» ribatté.

Sorrisi e guardai Ander.

«Va bene» rispose, sempre impassibile.

Elias, invece, osservava Riley con un'espressione ancora più adorante.

Sì, la mia omega è una piccola peste, pensai. *Ma è la* mia *piccola peste.*

«Se qualcuno la tocca, che sia per rimproverarla o per qualsiasi altro motivo, la prenderò come una sfida. E non andrà a finire bene» aggiunsi, assicurandomi che capissero.

Ero sicuro che Riley avrebbe fatto incazzare Ander, prima o poi.

Lei era energica, volitiva e appassionata, mentre lui era tranquillo e distaccato. Una combinazione che poteva essere un'accoppiata perfetta o un'eterna fonte di conflitto.

Quindi volevo che sapesse fin da subito che non spettava a lui punirla, ma a me.

Solo e soltanto a me.

«Va bene» ripeté con un tono un po' più duro. «E se in questo settore qualcuno dovesse toccare Riley, se la vedrà con me».

«Vale lo stesso per me» disse Elias.

Annuii. Era quello che volevo sentire: si sarebbero presi cura della mia compagna come se appartenesse anche a loro. «Non ho altre condizioni».

«Tutto qui?» domandò Riley con un'espressione incredula. «Un posto sicuro per il mio estro e la promessa che solo tu potrai rimproverarmi?».

«Sì». Non aggiunsi nulla, perché non c'era altro da dire.

«Seriamente?» insistette. «Non provi nemmeno a

negoziare per avere una buona posizione?».

«Io sono un soldato» risposi. Non avevo bisogno che fosse Ander a dirmelo. Era quello il mio ruolo. «E sarò sempre la tua guardia del corpo».

«Cosa vuoi che mi succeda qui?!» replicò. «Hanno costruito una *cupola*». Fece un cenno verso l'alto come se non sapessi di cosa stava parlando.

Attraversarla in volo era stata un'esperienza notevole. Per permetterci di entrare, avevano dovuto aprire la struttura che ricopriva l'intero settore.

C'erano alcune porte che consentivano di uscire all'esterno quando un mutaforma aveva bisogno di una bella corsa, ma era estremamente sicura.

Era fatta di una sostanza all'avanguardia, con la consistenza e la trasparenza del vetro, che consentiva di ammirare le montagne circostanti.

«Gli Infetti non sono l'unica minaccia là fuori» le ricordai. «Ma sono d'accordo, e tutta questa sicurezza mi piace».

Riley mi guardò con un sopracciglio inarcato. «Tutta questa sicurezza ti farà annoiare».

«Con te come mia compagna, non mi annoierò mai» ribattei sorridendo. «E comunque penso che Ander avrà dei compiti da affidarmi».

«Sì» disse subito l'alfa. «Molti».

Test per dimostrare la mia lealtà, intuii. Anche se suo padre aveva messo una buona parola per me sulla base dei nostri precedenti incontri, Ander voleva prova del mio valore. «Non vedo l'ora».

«E io non vedo l'ora di presentarti Enzo» commentò Ander. Sentendo quel nome, Elias sbuffò.

«Uno dei tuoi sfidanti?».

Ander grugnì. «Per così dire».

Riley aggrottò la fronte. «Hai intenzione di far

combattere Jonas?». Il suo odore era cambiato, tradendo la sua preoccupazione.

«Non avrò bisogno di farlo per molto, *ástin mín*» le promisi. «Un paio di volte saranno sufficienti a stabilire la gerarchia».

Sapeva bene quanto me che sarebbe stato necessario. Eravamo pur sempre animali. *Lupi*. Le gerarchie erano un aspetto fondamentale della nostra vita.

Le rughe sulla sua fronte si accentuarono.

«Dubito che ci siano vampiri in questo settore» aggiunsi. «E sono cresciuto con i lupi V-Clan. Andrà tutto bene».

«Lo so. È solo che non mi piace pensare a te che combatti dopo…». Si interruppe.

Allungai la mano e le diedi una stretta affettuosa alla nuca. «Ho battuto l'alfa Viking. Dubito che gli alfa di Ander possano competere con le dimensioni di quella bestia».

«Dove hai combattuto contro un alfa Viking?» chiese Elias, palesemente incuriosito.

«Carolina del Nord». Non approfondii. Non volevo parlarne. «Posso esserti di aiuto per il tuo problema con le sfide».

Intravidi i primi segni di emozione negli occhi dorati di Ander, illuminati da un accenno di cauto sollievo. «Ti presenterò al branco».

«Di già?» chiese Riley con un sussulto. «Combatterà oggi?».

Le diedi un'altra leggera strizzata alla nuca. «Non credo intendesse oggi. Dobbiamo ancora fare il nostro tour».

Ander non commentò, una scelta che apprezzai. Un altro alfa avrebbe potuto offendersi per il tono di Riley. Ma lui si limitò a seguire il nostro scambio.

«Okay» acconsentì la mia omega. I suoi occhi trovarono i miei. «Prima il tour».

Mi sporsi verso di lei e la baciai sulla guancia. «Troveremo un nido adeguato».

Un'espressione diffidente comparve sul suo bel viso, facendomi sorridere.

«Ora sono un mantenuto» aggiunsi. «Voglio un nido in cui vivere mentre sei al lavoro».

Arricciò il naso.

Poi capì che la stavo prendendo in giro.

Almeno in parte.

Volevo davvero un nido, ma con lei. Forse un giorno avremmo avuto dei cuccioli. Forse no.

Avrei preso le pastiglie necessarie per evitare di metterla incinta durante i suoi cicli di calore. A meno che non mi dicesse di non farlo.

La mia vita era con Riley.

La sua felicità era la cosa più importante.

Come dimostrò la mia reazione al suo sorriso, che animò il mio lupo. La contentezza della mia compagna appagava la mia anima.

«Costruiremo un nido» mi disse con gli occhi che le brillavano. «Insieme».

«Insieme» concordai.

Il suo sorriso si allargò, poi si rivolse ad Ander. «Credo sia giunto il momento di fare un giro del tuo settore, alfa. Io e il mio compagno dobbiamo scegliere la nostra nuova casa».

La tirai verso di me e le baciai la tempia.

Hai reso un atterraggio di emergenza in mezzo a un'orda di Infetti l'esperienza più bella della mia vita, pensai. *E non vedo l'ora di scoprire cosa ci riserverà il futuro.*

Fine

Il settore Andorra

Un romanzo della serie X-Clan

Katriana Cardona

Nel momento in cui i lupi X-Clan mi hanno trovata, la mia vita è finita.

Sono stata morsa.

Trasformata.

E reclamata da *lui*.

I miei geni mi rendono una rarissima omega. Dentro di me, però, sono un'alfa. E non mi inginocchierò davanti a nessuno. Nemmeno all'alfa del settore Andorra.

Ander Cain mi ha promesso la sua protezione.

E un mondo nuovo, colmo di piacere e dolore.

In cambio, però, vuole me. Ogni parte di me.

Anche se dovesse significare prendermi con la forza.

Che sia dannata, se smetto di lottare. Ho trascorso gli ultimi ventun anni a combattere contro i morti viventi. Quando avrò finito con loro, questi lupi non si renderanno nemmeno conto di cosa sia successo.

Ander Cain

La mia vita è cominciata nel momento in cui ho conosciuto lei, la mia compagna. È una forza della natura. E ciò di cui ha bisogno il settore Andorra per avere un po' di speranza per il futuro. Per avere una ragione per andare avanti e proteggere le nostre terre dagli zombie.

Eppure, si rifiuta di giocare secondo le nostre regole.

Nata in un periodo in cui gli umani fanno di tutto per sopravvivere, non è abituata alla gerarchia del branco o alle leggi rispettate da tutti i membri della nostra specie. Oh, ma imparerà. E io mi divertirò a essere il suo insegnante.

Katriana Cardona può sfidarmi quanto vuole, ma alla fine sarà mia. Che si sottometta o meno.

LEXI C FOSS

La scrittrice di Bestseller per *USA Today* Lexi C. Foss è un'autrice persa nel mondo della tecnologia. Vive ad Chapel Hill, in Carolina del Nord, con suo marito e i loro figli pelosi. Quando non scrive è impegnata a mettere crocette sulla lista dei posti che vuole visitare. Nella sua scrittura si ritrovano molti dei luoghi in cui è stata, tra cui il mitico mondo di Hydria, basata su Hydra, nelle isole greche. È eccentrica, consuma troppo caffè e ama nuotare.

www.LexiCFoss.com

I LIBRI DI LEXI C. FOSS

Alleanza di Sangue

La Vergine di Sangue

Sangue Reale

Il Morso dell'Alfa

Anime Ribelli

Il re vampiro

Un morso crudele

Dark Provenance

La figlia della morte

Il figlio del Caos

L'amante del peccato

Reject Island

Carnage Island: Artigli Crudeli & Morsi Proibiti

Serie della Maledizione degli Immortali

Le Leggi del Sangue

Legami Proibiti

Cuore di Sangue

Legami di Sangue

Legami Angelici

Cercatore di Sangue

Fardello di Sangue

Legami Malvagi

Re di Sangue

Serie X-Clan

Le Origini

Il Settore Andorra

L'esperimento

La Freccia di Winter

Il settore Bariloche